CLÁSSICOS DA
LITERATURA UNIVERSAL

CB026980

Um marido ideal

O livro é a porta que se abre para a realização do homem.
JAIR LOT VIEIRA

OSCAR WILDE
Um marido ideal

Tradução e notas
Luciana Pudenzi
Bacharel em ciências sociais e mestre em filosofia – USP

VIA LEITURA

UM MARIDO IDEAL

OSCAR WILDE

TRADUÇÃO E NOTAS: Luciana Pudenzi

1ª Edição 2016

© desta tradução: *Edipro Edições Profissionais Ltda.* — CNPJ nº 47.640.982/0001-40

Todos os direitos reservados. Nenhuma parte deste livro poderá ser reproduzida ou transmitida de qualquer forma ou por quaisquer meios, eletrônicos ou mecânicos, incluindo fotocópia, gravação ou qualquer sistema de armazenamento e recuperação de informações, sem permissão por escrito do Editor.

Editores: Jair Lot Vieira e Maíra Lot Vieira Micales
Produção editorial: Fernanda Rizzo Sanchez
Revisão: Beatriz Simões Araujo
Editoração eletrônica: Estúdio Design do Livro
Arte da capa: Marcela Badolatto | Studio Mandragora

Dados Internacionais de Catalogação na Publicação (CIP)
(Câmara Brasileira do Livro, SP, Brasil)

Wilde, Oscar, 1854-1900.
    Um marido ideal / Oscar Wilde ; tradução e notas Luciana Pudenzi. — São Paulo : Via Leitura, 2016.
    Título original: An ideal husband.
    ISBN 978-85-67097-28-2
    1. Teatro irlandês I. Pudenzi, Luciana. II. Título.

15-10777   CDD-ir823.2

Índice para catálogo sistemático:
1. Teatro : Literatura irlandesa   ir823.2

EDITORA AFILIADA

VIA LEITURA

São Paulo: Fone (11) 3107-4788 • Fax (11) 3107-0061
Bauru: Fone (14) 3234-4121 • Fax (14) 3234-4122
www.vialeitura.com.br

Para Frank Harris

Um sutil tributo à sua capacidade
e distinção como artista e a seu
cavalheirismo e sua nobreza como amigo

SUMÁRIO

Apresentação 8

Cenário 10

Personagens 11

Primeiro ato 12

Segundo ato 46

Terceiro ato 77

Quarto ato 104

APRESENTAÇÃO

Em sua carreira, o literato irlandês Oscar Wilde (1854-1900) navegou por diversos gêneros de escrita, como a poesia, o romance, os ensaios e os contos de fadas, mas foi sua produção como dramaturgo que o alçou ao sucesso ainda em vida. Suas peças escritas ao longo da década de 1890 – *O leque de lady Windermere* (1892), *Uma mulher sem importância* (1893), *Salomé* (1893) e *A importância de ser prudente* (1895), entre outras – são encenadas até hoje e o livro *Um marido ideal* (1895) foi adaptado para o cinema mais de um século depois de sua composição. Na obra, a crítica à raridade da pureza no meio político demonstra a relevância da arte de Wilde para o público contemporâneo.

Filho de um cirurgião e escritor e de uma folclorista celta, já recebia prêmios e condecorações literárias no período escolar no Trinity College, em Dublin, e no Magdalen College, em Oxford. Suas obras, por vezes censuradas, refletiam o estilo extravagante de sua vida pessoal, que somente se tornava mais excêntrico conforme crescia sua fama. Depois de uma série de processos judiciais, acabou condenado a trabalhos forçados por sodomia em 1895 – uma época em que o homossexualismo era considerado crime. Durante sua condenação a 2 anos de trabalhos forçados, redigiu *De Profundis*, uma longa carta amarga a seu antigo amante, cujo pai foi autor da denúncia que resultou em sua condenação.

A condenação, retratada em *A balada do cárcere de reading* (1898), seria a sua ruína pública, obrigando-o a mudar-se para Paris e levando-o à falência. Wilde faleceu na França sem ter retornado ao seu país, e sua importância para a literatura somente viria a ser resgatada anos depois. Seus epigramas, repletos de ironia, como os que aparecem em seu único romance – *O retrato de Dorian Gray* (1891) –, tornaram-no um dos escritores mais citados de todos os tempos e, ao lado de J. M. Whistler, é considerado um dos pais do Esteticismo, movimento que define a existência da arte apenas pela própria beleza (filosofia parodiada em *Patience*, de Gilbert e Sullivan, escrita em 1881).

CENÁRIO

Primeiro ato
Sala octogonal na casa de Sir Robert Chiltern em Grosvenor Square.

Segundo ato
Sala matinal na casa de Sir Robert Chiltern.

Terceiro ato
Biblioteca na casa de Lord Goring na rua Curzon.

Quarto ato
O mesmo do Segundo Ato.

Tempo da ação
Presente.

Local
Londres.

A ação da peça transcorre no período de vinte e quatro horas.

PERSONAGENS

LORD CAVERSHAM, *Cavaleiro da Ordem da Jarreteira*

LORD GORING, *filho de Lord Caversham*

SIR ROBERT CHILTERN, *baronete, Subsecretário de Relações Exteriores*

VISCONDE DE NANJAC, *adido da Embaixada Francesa em Londres*

SR. MONTFORD

MASON, *mordomo de Sir Robert Chiltern*

PHIPPS, *criado do Lord Goring*

JAMES, *lacaio*

HAROLD, *lacaio*

LADY CHILTERN

LADY MARKBY

CONDESSA DE BASILDON

SRA. MARCHMONT

SRTA. MABEL CHILTERN, *irmã de Sir Robert Chiltern*

SRA. CHEVELEY

PRIMEIRO ATO

Cenário

Salão octogonal na casa de Sir Robert Chiltern em Grosvenor Square[1].

(*O salão está vividamente iluminado e cheio de convidados. No alto da escadaria está Lady Chiltern, uma mulher de beleza grega, com cerca de 27 anos de idade. Ela recebe os convidados à medida que sobem. Sobre a escada, um grande lustre repleto de velas ilumina uma ampla tapeçaria francesa – ilustrando o Triunfo do Amor, elaborada com base em uma obra de Boucher – que está exposta no vão central da escadaria. À direita está a sala de música. Ouve-se vagamente o som de um quarteto de cordas. A passagem do lado esquerdo conduz a outras salas de recepção. A Sra. Marchmont e Lady Basildon, duas mulheres muito bonitas, estão sentadas lado a lado em um sofá estilo Luís XVI. Sua constituição é de uma delicadeza excepcional e a afetação de seus modos possui um delicado charme. Watteau adoraria tê-las pintado.*)

SRA. MARCHMONT. Irá à casa dos Hartlocks hoje à noite, Margaret?

LADY BASILDON. Creio que sim. Você irá?

SRA. MARCHMONT. Sim, irei. As festas que eles fazem são sempre terrivelmente tediosas, não são?

---

1. Grosvenor Square: praça situada no bairro de Mayfair, caracterizado pela presença da alta sociedade londrina.

LADY BASILDON. Terrivelmente tediosas! Eu nunca sei por que vou! Eu nunca sei por que vou a lugar algum!

SRA. MARCHMONT. Eu venho aqui para ser educada.

LADY BASILDON. Ah! Detesto ser educada!

SRA. MARCHMONT. Eu também. Isso nos coloca quase no mesmo nível das classes mercantis, não é? Mas a querida Gertrude Chiltern sempre me diz que devo ter algum propósito sério na vida. Então venho aqui para tentar encontrar algum.

LADY BASILDON (*olhando em volta, através de seu lornhão*). Não vejo aqui ninguém que se possa qualificar como um propósito sério. O cavalheiro que me fez companhia durante o jantar falou o tempo todo sobre sua esposa.

SRA. MARCHMONT. Ah! Que coisa mais trivial!

LADY BASILDON. Terrivelmente trivial! Sobre que assunto falou o cavalheiro que se sentou a seu lado?

SRA. MARCHMONT. Sobre mim.

LADY BASILDON (*languidamente*). E você achou interessante?

SRA. MARCHMONT (*balançando a cabeça*). Nem um pouco.

LADY BASILDON. Ah! Nós somos mártires, querida Margaret!

SRA. MARCHMONT (*levantando-se*). E como isto nos cai bem, Olivia!

(*Elas se levantam e caminham até a sala de música. O* Visconde de Nanjac, *um jovem adido conhecido por suas gravatas e por sua anglomania, aproxima-se com uma mesura e entra na conversa.*)

MASON (*anunciando convidados do alto da escada*). Sr. e Lady Jane Barford. Lord Caversham.

(*Entra* LORD CAVERSHAM, *um senhor de 70 anos, exibindo o galão e a estrela da Ordem da Jarreteira[2]. Um perfeito exemplar dos* Whigs[3]. *Mais parecido com um retrato de Lawrence.*)

LORD CAVERSHAM. Boa noite, Lady Chiltern! Meu imprestável filho está aqui?

LADY CHILTERN (*sorrindo*). Acho que Lord Goring ainda não chegou.

MABEL CHILTERN (*aproximando-se de* LORD CAVERSHAM). Por que o senhor chama Lord Goring de imprestável?

(MABEL CHILTERN *é um exemplo ideal da beleza do tipo inglês, do tipo da flor de macieira. Ela possui toda a fragrância e a liberdade de uma flor. Há ondas e mais ondas de raios de sol em seus cabelos, e a pequena boca, com os lábios entreabertos, exprime a mesma expectativa de uma criança. Ela exibe a fascinante tirania da juventude, e a surpreendente coragem da inocência. Nenhuma pessoa sensata diria que ela faz lembrar qualquer obra de arte; mas, na verdade, se parece com uma estatueta de Tânagra, e ficaria muito contrariada se lhe dissessem isto.*)

LORD CAVERSHAM. Porque ele leva uma vida de ócio.

MABEL CHILTERN. Como pode dizer isto? Ele sai para se exibir a cavalo às dez da manhã, vai à ópera três vezes por semana, muda de roupa no mínimo cinco vezes por dia e vai jantar fora todas as noites da temporada sem exceção. Você não pode qualificar isto como uma vida de ócio, pode?

LORD CAVERSHAM (*fitando-a com um brilho amável no olhar*). Você é uma moça encantadora!

---

2. *Ordem da Jarreteira*: a mais elevada ordem de cavalaria britânica.

3. Whigs: o partido *Whig* defendia ideais liberais, preconizando o poder do parlamento em contraposição ao poder monárquico absoluto, e teve um importante papel na consolidação da monarquia parlamentar no Reino Unido.

MABEL CHILTERN. Bondade sua, Lord Carversham! Venha nos visitar mais vezes. Estamos sempre em casa às quartas-feiras; e o senhor fica muito garboso com sua estrela!

LORD CAVERSHAM. Atualmente eu não vou mais a lugar nenhum. Estou cansado da sociedade londrina. Não me incomodaria de ser apresentado ao meu alfaiate, pois ele sempre vota corretamente; entretanto, eu teria sérias objeções a me sentar com a chapeleira de minha esposa. Eu nunca suportei os chapéus de Lady Caversham.

MABEL CHILTERN. Ah, eu adoro a sociedade londrina! Considero que melhorou imensamente. Hoje ela está inteiramente composta por belos idiotas e lunáticos brilhantes. Exatamente como uma sociedade deve ser.

LORD CAVERSHAM. Hum! E em qual desses tipos se encaixa Goring? Belo idiota ou o outro tipo?

MABEL CHILTERN (*séria*). Por enquanto, sou forçada a incluir Goring numa categoria exclusiva. Mas ele está evoluindo muito bem!

LORD CAVERSHAM. Evoluindo em que direção?

MABEL CHILTERN (*com uma leve mesura*). Espero poder informá-lo muito em breve, Lord Caversham!

MASON (*anunciando convidados*). Lady Markby. Sra. Cheveley.

(*Entram* Lady Markby *e a* Sra. Cheveley. Lady Markby *é uma mulher agradável, afável e estimada por todos, com cabelos grisalhos penteados à la marquise, usa uma renda fina. A Sra. Cheveley, que a acompanha, é alta e esguia. Tem os lábios muito finos e vermelhos – uma linha escarlate em um rosto pálido. Cabelos ruivos venezianos, nariz aquilino e pescoço longo. O ruge acentua a palidez natural de sua compleição. Seus olhos cinza-esverdeados se movem incessantemente. Veste a cor violeta, adornada com diamantes. Parece uma orquídea e atrai a curiosidade. Todos os seus movimentos são extremamente graciosos. Uma obra de arte, no todo, mas com influências de demasiadas escolas.*)

OSCAR WILDE

LADY MARKBY. Boa noite, querida Gertrude! Foi muita gentileza de sua parte permitir que trouxesse minha amiga, a Sra. Cheveley. Duas mulheres tão encantadoras deveriam se conhecer!

LADY CHILTERN (*encaminha-se na direção da* SRA. CHEVELEY *com um sorriso afável. De repente, para e faz uma mesura à distância*). Creio que a Sra. Cheveley e eu já nos conhecemos. Eu não sabia que ela havia se casado novamente.

LADY MARKBY (*de modo alegre e cordial*). Ah, hoje em dia as pessoas se casam quantas vezes podem, não é? Está na moda (*para a* DUQUESA DE MARYBOROUGH). Cara Duquesa, como vai o Duque? Brian ainda está fraco, suponho? Bem, é de se esperar, não? Foi o mesmo com seu bom pai. Não há nada como a estirpe, não é?

SRA. CHEVELEY (*brincando com seu leque*). Mas será que realmente já nos encontramos antes, Lady Chiltern? Não me recordo. Estive fora da Inglaterra por tanto tempo!

LADY CHILTERN. Frequentamos a escola juntas, Sra. Cheveley.

SRA. CHEVELEY (*com arrogância*). É mesmo? Esqueci-me de tudo a respeito de meus tempos de escola. Tenho a vaga impressão de que foram horríveis.

LADY CHILTERN (*friamente*). Não me surpreende!

SRA. CHEVELEY (*em seu tom mais doce*). Sabe que estou ansiosa por conhecer seu brilhante marido, Lady Chiltern? Desde que se tornou subsecretário de Relações Exteriores fala-se muito dele em Viena. Na verdade, foram capazes de grafar seu nome corretamente nos jornais! No continente, isso significa fama!

LADY CHILTERN. Acho difícil que haja algo em comum entre você e meu marido, Sra. Cheveley! (*distancia-se*.)

VISCONDE DE NANJAC. Ah! *Chère madame, quelle surprise*! Não a vejo desde Berlim!

SRA. CHEVELEY. Não desde Berlim, Visconde. Há cinco anos!

VISCONDE DE NANJAC. E está mais jovem e mais bela que nunca! Como consegue?

SRA. CHEVELEY. Seguindo a regra de apenas conversar com pessoas inteiramente encantadoras como o senhor!

VISCONDE DE NANJAC. Ah! A senhora me lisonjeia. Está me azeitando, como dizem por aqui.

SRA. CHEVELEY. Eles dizem isso? Que horror!

VISCONDE DE NANJAC. Sim, têm um idioma magnífico. Deveria ser mais conhecido.

(Entra SIR ROBERT CHILTERN. *Um homem de 40 anos, mas que aparenta ser mais jovem. Bem barbeado, com traços bem delineados, cabelos pretos e olhos escuros. Uma personalidade marcante. Não é popular – poucas personalidades o são. Mas é extremamente admirado por alguns e profundamente respeitado pela maioria. Sua característica é a perfeita distinção, com um leve toque de orgulho. Percebe-se que tem consciência de seu êxito na vida. Um temperamento nervoso, com aparência cansada. A boca e o queixo de talhe firme contrastam vivamente com a expressão romântica dos olhos fundos. O contraste sugere uma separação quase completa entre paixão e intelecto, como se o pensamento e a emoção ficassem cada um isolado em sua própria esfera pela ação de uma força de vontade impetuosa. Há nervosismo nas narinas e nas mãos pálidas e delgadas. Não seria apropriado qualificá-lo como pitoresco. Esta característica não sobrevive à Câmara dos Comuns. Mas Van Dyck teria gostado de pintar sua cabeça.)*

SIR ROBERT CHILTERN. Boa noite, Lady Markby. Espero que tenha trazido Sir John consigo?

LADY MARKBY. Oh! Trouxe uma pessoa muito mais encantadora que Sir John. O temperamento de Sir John, desde que entrou seriamente na vida política, tornou-se insuportável. Francamente, agora que a Câmara dos Comuns está tentando se tornar útil, tem causado muitos estragos.

OSCAR WILDE

SIR ROBERT CHILTERN. Espero que não, Lady Markby. Ao menos fazemos o possível para desperdiçar o tempo do público, não é? Mas quem é esta pessoa encantadora que a senhora gentilmente nos trouxe?

LADY MARKBY. Seu nome é Sra. Cheveley. Dos Cheveleys de Dorsetshire, suponho. Mas não sei com certeza. As famílias estão tão misturadas hoje em dia! Via de regra, sempre acabamos descobrindo que uma pessoa é, na verdade, outra.

SIR ROBERT CHILTERN. Sra. Cheveley? O nome me parece conhecido.

LADY MARKBY. Ela acaba de chegar de Viena.

SIR ROBERT CHILTERN. Ah! Sim. Acho que sei a quem se refere.

LADY MARKBY. Ah! Ela frequenta todos os lugares por lá, e conhece deliciosos escândalos a respeito de todos os seus amigos. Eu realmente tenho de ir a Viena no próximo inverno. Espero que haja um bom *chef* na embaixada.

SIR ROBERT CHILTERN. Se não houver, o embaixador certamente terá de ser exonerado. Peço-lhe que me mostre quem é a Sra. Cheveley. Gostaria de saber quem é ela.

LADY MARKBY. Deixe-me apresentá-lo (*para a* SRA. CHEVELEY). Minha querida, Sir Robert Chiltern está louco para conhecê-la!

SIR ROBERT CHILTERN (*fazendo uma mesura*). Todos estão morrendo de vontade de conhecer a brilhante Sra. Cheveley. Nossos adidos em Viena não falam de outra coisa em suas cartas.

SRA. CHEVELEY. Obrigada, Sir Robert. Uma apresentação que começa com um cumprimento está fadada a se tornar uma verdadeira amizade. Começa da maneira correta. E descobri que já conheço Lady Chiltern.

SIR ROBERT CHILTERN. É mesmo?

SRA. CHEVELEY. Sim. Ela acaba de me fazer lembrar que frequentamos a mesma escola. Agora, lembro-me perfeitamente. Ela sempre ganhava o prêmio de bom comportamento. Tenho a clara recordação de Lady Chiltern sempre ganhar o prêmio de bom comportamento!

SIR ROBERT CHILTERN (*sorrindo*). E a senhora, que prêmios ganhava?

SRA. CHEVELEY. Meus prêmios vieram um pouco mais tarde. Creio que nenhum deles foi por bom comportamento. Não me recordo!

SIR ROBERT CHILTERN. Estou certo de que os recebeu por algo fascinante.

SRA. CHEVELEY. Não tenho conhecimento de que as mulheres sejam premiadas por serem fascinantes. Creio que geralmente são punidas por isto! Atualmente, as mulheres com certeza envelhecem mais em virtude da lealdade de seus admiradores do que por qualquer outro motivo! Ao menos é a única explicação que encontro para a aparência terrivelmente extenuada da maioria das belas mulheres de Londres!

SIR ROBERT CHILTERN. Isso parece uma filosofia aterradora! Tentar classificá-la, Sra. Cheveley, seria uma impertinência. Mas, se me permite perguntar, a senhora é, em seu íntimo, uma otimista ou uma pessimista? Estas parecem ser as duas únicas religiões em voga atualmente.

SRA. CHEVELEY. Ah, não sou nenhuma das duas coisas. O otimismo começa com um largo sorriso, e o pessimismo termina com lentes azuis. Além disso, ambos consistem em meras poses.

SIR ROBERT CHILTERN. Prefere ser natural?

SRA. CHEVELEY. Às vezes. Mas é uma pose muito difícil de manter.

SIR ROBERT CHILTERN. O que diriam dessa teoria os modernos autores de romances psicológicos dos quais tanto ouvimos falar?

SRA. CHEVELEY. Ah! A força das mulheres provém do fato de que a psicologia não pode nos explicar. Os homens podem ser analisados; as mulheres... apenas adoradas.

SIR ROBERT CHILTERN. Acredita que a psicologia seja incapaz de lidar com o problema das mulheres?

SRA. CHEVELEY. A ciência não consegue lidar com o irracional. É por esse motivo que ela não tem futuro neste mundo.

OSCAR WILDE

SIR ROBERT CHILTERN. E as mulheres representam o irracional.

SRA. CHEVELEY. As mulheres bem-vestidas representam.

SIR ROBERT CHILTERN (*com uma mesura polida*). Receio que eu dificilmente poderia concordar neste ponto. Mas sente-se. E agora me conte, o que a faz deixar sua magnífica Viena e vir para nossa melancólica Londres – ou talvez eu esteja fazendo uma pergunta indiscreta?

SRA. CHEVELEY. As perguntas nunca são indiscretas. As respostas às vezes são.

SIR ROBERT CHILTERN. Bem, em todo caso, posso saber se o que a traz para cá é a política ou o prazer?

SRA. CHEVELEY. A política é meu único prazer. Veja, atualmente não está na moda flertar antes dos 40 anos, ou ser romântica antes dos 45; desse modo, para nós, pobres mulheres abaixo dos 30, ou que assim o afirmam, nada é permitido a não ser a política e a filantropia. E me parece que a filantropia se tornou simplesmente o refúgio de quem deseja aborrecer seus semelhantes. Prefiro a política. Considero-a mais... apropriada!

SIR ROBERT CHILTERN. Uma vida política é uma carreira nobre!

SRA. CHEVELEY. Às vezes. Outras, é um jogo de astúcia, Sir Robert. E muitas vezes é uma grande chateação.

SIR ROBERT CHILTERN. O que a senhora acha que é?

SRA. CHEVELEY. Eu? Uma combinação das três coisas (*deixando cair seu leque*).

SIR ROBERT CHILTERN (*apanhando o leque*). Permita-me.

SRA. CHEVELEY. Obrigada.

SIR ROBERT CHILTERN. Mas a senhora ainda não me disse a que se deve a honra de sua visita a Londres. Estamos quase no fim da temporada.

SRA. CHEVELEY. Ah! Não me importo com a temporada de Londres! Isto é muito matrimonial. As pessoas estão caçando maridos ou escondendo-se deles. Eu queria conhecê-lo. É a mais pura verdade. Você sabe como é a curiosidade de uma mulher. É quase tão grande quanto a de um homem! Eu queria muito conhecê-lo e... lhe pedir que fizesse algo por mim.

SIR ROBERT CHILTERN. Espero que não seja apenas uma pequena coisinha, Sra. Cheveley. Considero as pequenas coisinhas muito difíceis de fazer.

SRA. CHEVELEY (*após refletir por um momento*). Não, creio que não é uma pequena coisinha.

SIR ROBERT CHILTERN. Ainda bem. Diga-me o que é.

SRA. CHEVELEY. Mais tarde (*levanta-se*). Será que agora poderei passear por sua linda casa? Ouvi dizer que suas pinturas são encantadoras. Pobre barão Arnheim – lembra-se do barão? Ele costumava me dizer que você tinha Corots maravilhosos.

SIR ROBERT CHILTERN (*com um imperceptível sobressalto*). Você conhecia bem o barão Arnheim?

SRA. CHEVELEY (*sorrindo*). Intimamente. E você?

SIR ROBERT CHILTERN. Em certa época.

SRA. CHEVELEY. Um homem maravilhoso, não?

SIR ROBERT CHILTERN (*após uma pausa*). Ele era um homem notável, em muitos sentidos.

SRA. CHEVELEY. Com frequência, reflito que é uma lástima que ele não tenha redigido suas memórias. Seriam muitíssimo interessantes.

SIR ROBERT CHILTERN. Sim, ele conhecia bem os homens e as cidades, como o antigo grego.

SRA. CHEVELEY. Sem a terrível desvantagem de ter uma Penélope esperando-o em casa.

MASON. Lord Goring.

(*Entra* LORD GORING. *Tem 34 anos, mas sempre afirma ter menos. Um rosto aristocrático, porém inexpressivo. É inteligente, mas prefere não ser assim considerado. Um perfeito dândi, ficaria aborrecido se fosse considerado romântico. Brinca com a vida e está de bem com o mundo. Gosta de ser mal compreendido. Isso lhe confere uma vantagem.*)

SIR ROBERT CHILTERN. Boa noite, meu querido Arthur! Sra. Cheveley, permita-me apresentar-lhe Lord Goring, o homem mais ocioso de Londres.

SRA. CHEVELEY. Eu já o conheço.

LORD GORING (*inclinando-se em uma mesura*). Não pensei que se lembraria de mim, Sra. Cheveley.

SRA. CHEVELEY. Minha memória está admiravelmente em ordem. E você ainda está solteiro?

LORD GORING. Ah... Creio que sim.

SRA. CHEVELEY. Que romântico!

LORD GORING. Ah! Não sou um romântico. Não tenho idade suficiente para isso. Deixo o romance para os mais velhos.

SIR ROBERT CHILTERN. Lord Goring é o resultado do Boodle's Club[4], Sra. Cheveley.

SRA. CHEVELEY. Ele honra a instituição.

LORD GORING. Posso perguntar se ficará ainda muito tempo em Londres?

SRA. CHEVELEY. Isso depende em parte do clima, em parte da comida e em parte de Sir Robert.

SIR ROBERT CHILTERN. Você não nos meterá em uma guerra europeia, espero?

SRA. CHEVELEY. Não há risco no momento!

---

4. Boodle's Club: elegante clube londrino, altamente exclusivo.

UM MARIDO IDEAL

(*Ela faz um aceno de cabeça para* Lord Goring, *com uma expressão jocosa no olhar, e sai com* Sir Robert Chiltern. Lord Goring *caminha na direção de* Mabel Chiltern.)

MABEL CHILTERN. Você está muito atrasado!

LORD GORING. Sentiu minha falta?

MABEL CHILTERN. Imensamente!

LORD GORING. Então lamento não ter me mantido ausente por mais tempo. Gosto que sintam minha falta.

MABEL CHILTERN. Muito egoísta de sua parte!

LORD GORING. Sou realmente muito egoísta.

MABEL CHILTERN. Você está sempre me apontando suas más qualidades, Lord Goring.

LORD GORING. Até o momento lhe apontei apenas metade delas, Srta. Mabel!

MABEL CHILTERN. E as outras são muito ruins?

LORD GORING. Terríveis! Quando penso nelas à noite, decido ir dormir imediatamente.

MABEL CHILTERN. Bem, deleito-me com suas más qualidades. Eu não o despojaria de uma delas sequer.

LORD GORING. É muito gentil de sua parte. Mas você é sempre gentil. A propósito, quero perguntar-lhe algo. Quem trouxe a Sra. Cheveley para cá? Aquela mulher de violeta, que acaba de deixar a sala com seu irmão?

MABEL CHILTERN. Creio que foi Lady Markby quem a trouxe. Por que pergunta?

LORD GORING. Não a vejo há anos, só isso.

MABEL CHILTERN. Que razão absurda!

LORD GORING. Todas as razões são absurdas.

MABEL CHILTERN. Que tipo de mulher ela é?

OSCAR WILDE

LORD GORING. Ah! Um gênio de dia e uma beldade à noite!

MABEL CHILTERN. Já não gosto dela!

LORD GORING. Isso demonstra seu admirável bom gosto.

VISCONDE DE NANJAC (*aproximando-se*). Ah, a jovem dama inglesa é o dragão do bom gosto, não é? Realmente, o dragão do bom gosto!

LORD GORING. Assim afirmam os jornais a todo momento.

VISCONDE DE NANJAC. Eu leio todos os jornais ingleses. Considero-os muito divertidos!

LORD GORING. Então, meu caro Nanjac, com certeza é porque deve ler as entrelinhas.

VISCONDE DE NANJAC. Eu gostaria, mas meu professor não permite. (*Para* MABEL CHILTERN.) Posso ter o prazer de conduzi-la à sala de música, mademoiselle?

MABEL CHILTERN (*parecendo muito desapontada*). Encantada, Visconde, encantada! (*Voltando-se para* LORD GORING.) Você não vem para a sala de música?

LORD GORING. Não se estiverem tocando alguma música, Srta. Mabel!

MABEL CHILTERN (*de modo sério*). A música é em alemão. Você não entenderia.

(*Sai com o* VISCONDE DE NANJAC. LORD CAVERSHAM *vai até seu filho.*)

LORD CAVERSHAM. Ora bem, senhor! O que faz aqui? Desperdiçando sua vida, como sempre! O senhor deveria estar na cama! Fica acordado até muito tarde! Ouvi dizer que, outra noite, esteve dançando até as quatro da madrugada na casa de Lady Rufford!

LORD GORING. Apenas até quinze para as quatro, papai.

LORD CAVERSHAM. Não consigo entender como você suporta a sociedade londrina. A coisa degenerou completamente; não passa de um monte de malditos joões-ninguém falando sobre nada.

LORD GORING. Gosto de falar sobre nada, papai. É a única coisa sobre a qual sei alguma coisa.

LORD CAVERSHAM. Você parece estar vivendo inteiramente em razão do prazer.

LORD GORING. E em razão do que mais se pode viver, papai? Não há nada que envelheça como a felicidade.

LORD CAVERSHAM. O senhor é cruel, muito cruel!

LORD GORING. Espero que não, papai. Boa noite, Lady Basildon!

LADY BASILDON (*arqueando duas belas sobrancelhas*). Você está aqui? Eu não tinha ideia de que você frequentava festas políticas!

LORD GORING. Adoro festas políticas. É o único refúgio no qual as pessoas não falam de política.

LADY BASILDON. Eu adoro falar de política. Falo sobre isso o dia inteiro. Mas não suporto ouvir falarem de política. Não sei como aqueles pobres homens na Câmara suportam os longos debates.

LORD GORING. Nunca ouvindo nada.

LADY BASILDON. É mesmo?

LORD GORING (*de modo muito sério*). É claro. Veja, ouvir é uma coisa muito perigosa. Se uma pessoa ouve, pode acabar sendo convencida, e um homem que permite ser convencido por um argumento é um homem inteiramente insensato.

LADY BASILDON. Ah! Isso explica muitas coisas que eu jamais havia compreendido nos homens, e explica também muitas coisas que os maridos nunca valorizam em suas mulheres!

SRA. MARCHMONT (*com um suspiro*). Nossos maridos nunca dão valor a nada em nós. Temos de recorrer a outros para isso!

LADY BASILDON (*enfaticamente*). É verdade, temos sempre de recorrer a outros, não temos?

LORD GORING (*sorrindo*). E essa é a opinião das duas mulheres que possuem os mais admiráveis maridos de Londres.

SRA. MARCHMONT. É exatamente isso que não é possível suportar. Meu Reginald é inteiramente irrepreensível. Ele é insuportavelmente perfeito às vezes! Não há o menor elemento de excitação em conviver com ele.

LORD GORING. Isso é terrível! Com efeito, esse assunto deveria ser amplamente divulgado!

LADY BASILDON. Com Basildon é a mesma coisa; ele é tão caseiro quanto seria se fosse solteiro.

SRA. MARCHMONT (*pegando a mão de* LADY BASILDON). Minha pobre Olivia! Temos maridos perfeitos, e somos punidas por isso.

LORD GORING. Eu seria levado a pensar que os maridos é que são punidos.

SRA. MARCHMONT (*empertigando-se*). Ah, não, meu querido! Eles são muito felizes! E, no que se refere a confiar em nós, é de fato trágico o quanto confiam!

LADY BASILDON. Totalmente trágico!

LORD GORING. Ou cômico, Lady Basildon?

LADY BASILDON. Certamente não é cômico, Lord Goring. É muito indelicado de sua parte sugerir isso!

SRA. MARCHMONT. Receio que Lord Goring esteja do lado do inimigo, como sempre. Eu o vi conversando com a Sra. Cheveley ao chegar.

LORD GORING. Uma bela mulher, a Sra. Cheveley!

LADY BASILDON (*com severidade*). Por gentileza, não elogie outras mulheres em nossa presença. Você deve esperar que nós façamos isso!

LORD GORING. Eu esperei.

SRA. MARCHMONT. Bem, não iremos elogiá-la. Ouvi dizer que foi à ópera na segunda-feira à noite, e que, durante o jantar, disse a Tommy Rufford que, pelo que havia visto, toda a sociedade londrina era composta por mal-ajambrados e dândis.

LORD GORING. Mas ela está certa. Os homens são todos mal-ajambrados e as mulheres são todas muito requintadas, não são?

SRA. MARCHMONT (*após uma pausa*). Ah! Você acha realmente que foi isso o que ela quis dizer?

LORD GORING. É claro. E foi um comentário muito sensato da Sra. Cheveley também.

(*Entra* MABEL CHILTERN. *Ela se reúne ao grupo.*)

MABEL CHILTERN. Por que estão falando sobre a Sra. Cheveley? Todos estão falando sobre ela! Lord Goring afirma – o que foi mesmo que disse, Lord Goring, sobre a Sra. Cheveley? Ah! Lembrei! Que ela era um gênio de dia e uma beldade à noite.

LADY BASILDON. Que combinação horrível! Tão antinatural!

SRA. MARCHMONT (*com ares de devaneio*). Eu gosto de contemplar gênios e ouvir pessoas bonitas.

LORD GORING. Isso é muito mórbido, Sra. Marchmont!

SRA. MARCHMONT (*adquirindo uma expressão de grande prazer*). Enche-me de contentamento ouvi-lo dizer isso. Marchmont e eu estamos casados há sete anos, e ele nunca me disse que sou mórbida. Os homens são dolorosamente desatentos!

LADY BASILDON (*voltando-se para ela*). Eu sempre disse, querida Margaret, que você é a pessoa mais mórbida de toda Londres.

SRA. MARCHMONT. Ah! Mas você é sempre tão simpática, Olivia!

MABEL CHILTERN. É mórbido ter desejo por comida? Tenho um grande desejo de comer. Lord Goring, teria a bondade de me conduzir até a sala de jantar?

LORD GORING. Com prazer, Srta. Mabel (*afasta-se com ela*).

MABEL CHILTERN. Você tem se comportado de modo horrível! Não falou comigo durante toda a noite!

LORD GORING. Como eu poderia? Você se afastou com a criança-diplomata.

MABEL CHILTERN. Você poderia ter nos seguido. Uma perseguição teria sido educada. Acho que não estou gostando de você hoje.

LORD GORING. Eu estou gostando muito de você.

MABEL CHILTERN. Bem, espero que demonstre isso de modo mais explícito.

(*Descem as escadas.*)

SRA. MARCHMONT. Olivia, tenho uma estranha sensação de fraqueza extrema. Acho que eu gostaria muito de jantar. Tenho certeza de que gostaria.

LADY BASILDON. Estou morrendo de vontade de jantar, Margaret!

SRA. MARCHMONT. Os homens são muito egoístas. Nunca pensam nessas coisas.

LADY BASILDON. Os homens são extremamente materialistas, extremamente materialistas!

(*O Visconde de Nanjac vem da sala de música com outros convidados. Depois de examinar atentamente todos os presentes, aproxima-se de Lady Basildon.*)

VISCONDE DE NANJAC. Posso ter a honra de conduzi-la à sala de jantar, condessa?

LADY BASILDON (*friamente*). Eu nunca janto, Visconde, obrigada. (*O Visconde está prestes a se retirar. Vendo isso, Lady Basildon* *levanta-se abruptamente e toma seu braço.*) Mas terei prazer em acompanhá-lo.

VISCONDE DE NANJAC. Gosto tanto de comer! Sou muito inglês em todos os meus gostos.

LADY BASILDON. Você parece muito inglês, Visconde, muito inglês.

(*Eles se vão. O* Sr. Montford, *um jovem dândi trajado com o máximo apuro, aproxima-se da* Sra. Marchmont.)

SR. MONTFORD. Gostaria de jantar, Sra. Marchmont?

SRA. MARCHMONT (*languidamente*). Obrigada, Sr. Montford, mas nunca como nada no jantar (*levanta-se rapidamente e toma seu braço*). Mas vou me sentar a seu lado e observá-lo.

SR. MONTFORD. Não sei se me agrada ser observado enquanto como!

SRA. MARCHMONT. Então observarei alguma outra pessoa.

SR. MONTFORD. Acho que isso tampouco me agradaria.

SRA. MARCHMONT (*com expressão severa*). Sr. Montford, peço que não faça tais cenas de ciúme em público!

(*Eles descem as escadas com os outros convidados, passando por* Sir Robert Chiltern *e pela* Sra. Cheveley, *que estão entrando.*)

SIR ROBERT CHILTERN. Irá a alguma de nossas casas de campo antes de deixar a Inglaterra, Sra. Cheveley?

SRA. CHEVELEY. Ah, não! Não suporto suas festas inglesas com os convidados todos se hospedando na mesma casa. Na Inglaterra, as pessoas realmente tentam ser brilhantes no café da manhã. Isto é tão horrível! Somente pessoas enfadonhas são brilhantes no café da manhã. E depois o desmancha-prazeres da família está sempre a recitar as orações familiares. Minha estada em Londres depende mesmo de você, Sir Robert (*senta-se no sofá*).

SIR ROBERT CHILTERN (*senta-se a seu lado*). Fala sério?

SRA. CHEVELEY. Muito sério. Desejo conversar com você sobre um grande projeto político e financeiro, na verdade, sobre a Companhia do Canal Argentino.

SIR ROBERT CHILTERN. Que assunto prático e tedioso, Sra. Cheveley!

SRA. CHEVELEY. Ah! Eu gosto de assuntos práticos e tediosos. Eu não gosto é de pessoas práticas e tediosas. Há uma grande diferença. Além disso, sei que você tem interesse em projetos relativos a canais internacionais. Você era o secretário de Lord Radley, não era, quando o governo comprou as ações do Canal de Suez?

SIR ROBERT CHILTERN. Sim. Mas o Canal de Suez era um empreendimento grandioso e esplêndido. Ele nos forneceu a rota direta para a Índia. Tinha importância para o império. Era necessário que tivéssemos o controle. Esse projeto argentino é uma vigarice comum da bolsa de valores.

SRA. CHEVELEY. Uma especulação, Sir Robert! Uma especulação brilhante e ousada.

SIR ROBERT CHILTERN. Creia-me, Sra. Cheveley, é uma trapaça. Chamemos as coisas pelos seus nomes. Isso simplifica tudo. Temos todas as informações sobre o assunto no Ministério. Com efeito, destaquei uma comissão especial para investigar o assunto em caráter confidencial, e seu relatório dá conta de que as obras mal começaram e ninguém parece saber o que foi feito do dinheiro já angariado. O esquema todo é um segundo Panamá, e não tem um quarto da chance de sucesso que teve este último. Espero que você não tenha investido nisso. Tenho certeza de que é esperta demais para ter feito isso.

SRA. CHEVELEY. Eu investi muito no projeto.

SIR ROBERT CHILTERN. Quem poderia ter-lhe aconselhado a cometer essa tolice?

SRA. CHEVELEY. Seu velho amigo – e também amigo meu.

SIR ROBERT CHILTERN. Quem?

SRA. CHEVELEY. O barão Arnheim.

SIR ROBERT CHILTERN (*franzindo as sobrancelhas*). Ah! Claro. Recordo-me de ouvir, na ocasião de sua morte, que ele estivera envolvido no assunto.

SRA. CHEVELEY. Foi seu último romance. Penúltimo, para lhe fazer justiça.

SIR ROBERT CHILTERN (*levanta-se*). Mas você ainda não viu meus Corots. Eles estão na sala de música. Corots parecem combinar com música, não é? Devo mostrá-los?

SRA. CHEVELEY (*balançando a cabeça*). Esta noite não estou com disposição para crepúsculos prateados ou para alvoradas rosa-alaranjadas. Quero falar de negócios. (*Faz-lhe um aceno com o leque para que sente novamente ao seu lado.*)

SIR ROBERT CHILTERN. Receio não ter nenhum conselho para lhe oferecer, Sra. Cheveley, a não ser que transfira seu interesse para algo menos arriscado. O sucesso do canal depende, é claro, da atitude da Inglaterra, e pretendo apresentar o relatório da Comissão amanhã à noite na Câmara.

SRA. CHEVELEY. Você não deve fazer isso. Em seu próprio interesse, Sir Robert – para não mencionar o meu –, você não deve fazer isso.

SIR ROBERT CHILTERN (*olhando para ela perplexo*). Em meu próprio interesse? Minha cara Sra. Cheveley, o que quer dizer? (*Senta-se ao lado dela.*)

SRA. CHEVELEY. Sir Robert, serei inteiramente franca. O que quero é que você omita o relatório que pretendia apresentar na Câmara e dê a justificativa de que tem razões para acreditar que os membros da Comissão manifestam uma tendenciosidade ou estão mal informados, ou algo do tipo. Então quero você diga que o governo reconsiderará a questão e que você tem razões para acreditar que, caso seja concluído, o Canal terá grande valor internacional. Você sabe o que ministros costumam dizer em situações assim. Algumas platitudes serão suficientes. Na vida moderna, nada produz

OSCAR WILDE

um efeito tão bom quanto uma boa platitude. Transforma todos em uma grande família. Fará isso por mim?

SIR ROBERT CHILTERN. Sra. Cheveley, não pode estar falando sério ao me propor tal coisa!

SRA. CHEVELEY. Estou falando muito sério.

SIR ROBERT CHILTERN (*friamente*). Peço que me permita acreditar que não.

SRA. CHEVELEY (*falando com grande ênfase e determinação*). Ah! Mas eu estou sim. E se fizer o que estou lhe pedindo... saberei retribuir muito generosamente!

SIR ROBERT CHILTERN. Retribuir-me?

SRA. CHEVELEY. Sim.

SIR ROBERT CHILTERN. Receio não compreender o que quer dizer.

SRA. CHEVELEY (*reclinando-se no sofá e fitando-o*). O senhor me desaponta! E pensar que vim de Viena a fim de que o senhor me compreendesse completamente.

SIR ROBERT CHILTERN. Receio que não.

SRA. CHEVELEY (*de modo muito desenvolto*). Meu querido Sir Robert, o senhor é um homem do mundo, e, suponho, tem o seu preço. Todos têm atualmente. O problema é que o preço da maioria é muito exorbitante. O meu é. Espero que suas condições sejam mais razoáveis.

SIR ROBERT CHILTERN (*levanta-se indignado*). Se me permite, chamarei a carruagem para a senhora. A senhora viveu por tanto tempo no estrangeiro, Sra. Cheveley, que parece não ser capaz de perceber que está falando com um *gentleman* inglês.

SRA. CHEVELEY (*detendo-o ao tocar seu braço com o leque e mantendo-o assim enquanto fala*). Percebo que estou falando com o homem que estabeleceu as bases de sua fortuna por meio da venda de um segredo de gabinete a um especulador da bolsa de valores.

SIR ROBERT CHILTERN (*mordendo seu lábio*). O que quer dizer?

SRA. CHEVELEY (*erguendo-se e confrontando-o*). Quero dizer que sei a verdadeira origem de sua riqueza e de sua carreira, e, além disso, tenho a sua carta.

SIR ROBERT CHILTERN. Que carta?

SRA. CHEVELEY (*desdenhosamente*). A carta que escreveu ao barão de Arnheim, quando o senhor era o secretário de Lord Radley, recomendando ao barão que comprasse as ações do Canal de Suez – uma carta redigida três dias antes que o governo anunciasse seu próprio investimento em tais ações.

SIR ROBERT CHILTERN (*com a voz embargada*). Não é verdade.

SRA. CHEVELEY. O senhor supôs que tal carta havia sido destruída. Muito ingênuo de sua parte! Ela está comigo.

SIR ROBERT CHILTERN. O caso a que se refere não passou de uma especulação. A Câmara dos Comuns ainda não havia aprovado o projeto; a lei poderia ter sido rejeitada.

SRA. CHEVELEY. Foi uma trapaça, Sir Robert. Chamemos as coisas pelos seus nomes. Isso simplifica tudo. E agora vou lhe vender essa carta e o preço que lhe peço é que apoie publicamente o projeto argentino. Você fez sua fortuna com base em um canal. Agora deve ajudar meus amigos e eu a fazer nossas fortunas em outro!

SIR ROBERT CHILTERN. O que a senhora propõe é infame! Infame!

SRA. CHEVELEY. Não! *É o jogo da vida como tem de ser jogado, Sir Robert, mais cedo ou mais tarde!*

SIR ROBERT CHILTERN. Não posso fazer o que me pede.

SRA. CHEVELEY. Está querendo dizer que não pode esquivar-se de fazê-lo. Tenha consciência de que está à beira de um precipício. E não cabe a você estabelecer as condições, mas apenas aceitá-las. Supondo que recuse...

SIR ROBERT CHILTERN. O que acontecerá então?

SRA. CHEVELEY. Meu caro Sir Robert, o que acontecerá? Será sua ruína, é isso! Veja a que levou o puritanismo da Inglaterra.

OSCAR WILDE

Antigamente, ninguém fingia ser melhor que seus vizinhos. Com efeito, ser melhor que o vizinho era considerado excessivamente vulgar e burguês. Agora, com a moderna mania inglesa por moralidade, todos têm de manter a pose de bastiões da pureza, da incorruptibilidade e de todas as outras sete virtudes capitais – e qual é o resultado? Vão todos caindo como dominós, um depois do outro. Não há um ano sequer em que alguém importante não desapareça na Inglaterra. Os escândalos costumavam atribuir certo charme – ou ao menos certo interesse – a um homem. Agora, o esmagam. E o seu escândalo é muito grave. Não conseguirá sobreviver a ele. Se viesse a público que, quando jovem, no cargo de secretário de um grande e importante ministro, você vendeu um segredo do gabinete por uma grande soma em dinheiro, e que foi essa a origem de sua riqueza e de sua carreira, o senhor seria escorraçado da vida pública; desapareceria por completo. E, afinal de contas, Sir Robert, por que deveria sacrificar todo o seu futuro em vez de lidar diplomaticamente com seu inimigo? Pois, neste momento, eu sou seu inimigo. Admito isso! E sou muito mais forte que o senhor. Os grandes batalhões estão do meu lado. O senhor detém uma posição esplêndida, mas é essa posição que o torna vulnerável. Está incapacitado de defender-se! É claro que não lhe passei um sermão sobre moralidade. Deve admitir que o poupei. Anos trás, o senhor tomou uma atitude inteligente e inescrupulosa, que teve grande êxito. A isso deve sua fortuna e posição. Agora terá de pagar. Mais cedo ou mais tarde todos nós temos de pagar pelo que fizemos. Chegou o seu momento. Antes que eu o deixe esta noite, terá de me prometer que omitirá seu relatório e falará perante a Câmara em favor desse projeto.

SIR ROBERT CHILTERN. O que me pede é impossível.

SRA. CHEVELEY. Você deve torná-lo possível. Você o tornará possível. Sabe como são os jornais ingleses, Sir Robert. Suponhamos que eu saia daqui e me dirija à sede de algum jornal e forneça informações e provas a respeito desse escândalo. Imagine o odioso contentamento que sentiriam, o júbilo que teriam ao derrubá-lo, a lama e o lodo em que o mergulhariam. Imagine o hipócrita com seu sorriso asqueroso redigindo o artigo e elaborando com maldade o cartaz de divulgação da edição.

SIR ROBERT CHILTERN. Pare! Quer que eu omita o relatório e faça um breve discurso afirmando que acredito que o projeto pode ser promissor?

SRA. CHEVELEY (*sentando no sofá*). Essas são as minhas condições.

SIR ROBERT CHILTERN (*em voz baixa*). Eu lhe darei qualquer quantia que me peça.

SRA. CHEVELEY. Nem mesmo o senhor é rico o bastante, Sir Robert, para comprar seu passado. Ninguém é.

SIR ROBERT CHILTERN. Não farei o que me pede. Não farei.

SRA. CHEVELEY. Terá de fazer. Caso contrário... (*levanta-se do sofá*).

SIR ROBERT CHILTERN (*transtornado e esmorecido*). Espere! O que propõe? Afirma que me devolveria a carta, não é?

SRA. CHEVELEY. Sim. Isto eu lhe asseguro. Estarei na galeria feminina amanhã às onze e meia da noite. Se, nesse horário – tendo tido muitas oportunidades –, você tiver feito o pronunciamento na Câmara conforme solicitado, devolverei sua carta com grandes agradecimentos, e os maiores ou mais apropriados cumprimentos que possa conceber. Sempre se deve jogar limpo... quando se tem as melhores cartas. O barão me ensinou isso... entre outras coisas.

SIR ROBERT CHILTERN. É preciso que me conceda algum tempo para considerar sua proposta.

SRA. CHEVELEY. Não. Deve aquiescer agora mesmo.

SIR ROBERT CHILTERN. Dê-me uma semana – três dias!

SRA. CHEVELEY. Impossível! Tenho de telegrafar a Viena ainda esta noite.

SIR ROBERT CHILTERN. Meu Deus! O que a fez aparecer em minha vida?

SRA. CHEVELEY. As circunstâncias (*encaminha-se para a porta*).

SIR ROBERT CHILTERN. Não vá embora. Eu aceito. O relatório será omitido. Farei com que me dirijam indagações a respeito do assunto.

SRA. CHEVELEY. Obrigada. Eu sabia que poderíamos chegar a um acordo amigável. Compreendi sua natureza desde o princípio. Eu o analisei, embora não goste de mim. E agora pode chamar a carruagem para mim, Sir Robert. Vejo que as pessoas estão retornando do jantar, e os homens ingleses sempre se tornam românticos após as refeições, o que me aborrece terrivelmente.

(*Sai* SIR ROBERT CHILTERN.)

(*Entram os convidados,* LADY CHILTERN, LADY MARKBY, LORD CAVERSHAM, LADY BASILDON, SRA. MARCHMONT, VISCONDE DE NANJAC, SR. MONTFORD.)

LADY MARKBY. Olá, minha cara Sra. Cheveley, espero que tenha se divertido. Sir Robert é muito interessante, não é?

SRA. CHEVELEY. Muito! Apreciei imensamente minha conversa com ele.

LADY MARKBY. Ele tem uma carreira notável. E casou-se com uma mulher admirável. Lady Chiltern é uma mulher dos mais nobres princípios, fico feliz em dizer. Eu mesma já estou um pouco velha demais para me preocupar em dar um bom exemplo, mas sempre admiro as pessoas que o fazem. E Lady Chiltern tem um efeito muito enobrecedor na vida, embora os jantares que oferece sejam um pouco aborrecidos às vezes. Mas não se pode ter tudo, não é verdade? E agora tenho de ir embora, minha cara. Encontramo-nos amanhã?

SRA. CHEVELEY. Sim, obrigada.

LADY MARKBY. Podemos passear de carruagem pelo parque às cinco. Nesta época tudo parece tão viçoso no parque!

SRA. CHEVELEY. Exceto as pessoas!

LADY MARKBY. Talvez as pessoas estejam um pouco embotadas. Muitas vezes observei que a temporada aos poucos produz uma espécie de abrandamento cerebral. Por outro lado, acho que nada é pior que uma pressão intelectual excessiva. Isto é o que há de mais inconveniente. Torna os narizes das jovens especialmente grandes. E nada dificulta mais conseguir um casamento do que um nariz grande; os homens não gostam. Boa noite, minha cara! (*para* LADY CHILTERN). Boa noite, Gertrude! (*sai de braço dado com* LORD CAVERSHAM).

SRA. CHEVELEY. Tem uma casa encantadora, Lady Chiltern! Passei uma noite agradabilíssima. Foi tão interessante conhecer seu marido!

LADY CHILTERN. Por que desejava conhecer meu marido, Sra. Cheveley?

SRA. CHEVELEY. Ah, vou lhe dizer. Eu queria despertar seu interesse pelo projeto do canal argentino, do qual, suponho, já deve ter ouvido falar. E o achei muito suscetível – suscetível à razão, quero dizer. Uma coisa rara em um homem. Consegui persuadi-lo em dez minutos. Amanhã fará um discurso na Câmara em defesa da ideia. Temos de ir à galeria feminina para ouvi-lo. Será uma grande ocasião!

LADY CHILTERN. Deve haver algum engano. Esse projeto jamais poderia ter o apoio de meu marido.

SRA. CHEVELEY. Asseguro-lhe que está tudo certo. Não me arrependo de ter vindo de Viena para isso. Foi um grande êxito. Mas, é claro, durante as próximas vinte e quatro horas a coisa toda será um completo segredo.

LADY CHILTERN (*suavemente*). Um segredo? Entre quem?

SRA. CHEVELEY (*com um brilho de prazer em seus olhos*). Entre seu marido e eu.

SIR ROBERT CHILTERN (*entrando*). Sua carruagem está aqui, Sra. Cheveley!

SRA. CHEVELEY. Obrigada! Boa noite, Lady Chiltern! Boa noite, Lord Goring! Estou no Claridge's. Não acha que poderia me deixar seu cartão?

LORD GORING. Se assim deseja, eu o farei, Sra. Cheveley!

SRA. CHEVELEY. Ah, não seja tão formal, Lord Goring, ou serei forçada a deixar meu cartão para o senhor. Suponho que na Inglaterra isso não seria considerado *en règle*. No exterior, somos mais civilizados. Pode me conduzir até a carruagem, Sir Robert? Agora que partilhamos os mesmos interesses, seremos grandes amigos, espero!

(*Sai, dando o braço para* SIR ROBERT CHILTERN. LADY CHILTERN, *no topo da escadaria, observa enquanto descem, com uma expressão preocupada. Em seguida, alguns dos convidados aparecem ali, e ela se dirige com eles a outra sala.*)

MABEL CHILTERN. Que mulher horrível!

LORD GORING. Você deveria ir para a cama, Srta. Mabel.

MABEL CHILTERN. Lord Goring!

LORD GORING. Meu pai me disse para ir para a cama há horas. Não vejo por que não lhe deveria dar o mesmo conselho. Sempre repasso os bons conselhos. É a única coisa que se pode fazer com eles. Nunca têm nenhuma utilidade para nós mesmos.

MABEL CHILTERN. Lord Goring, você está sempre me mandando sair do recinto. É muita coragem de sua parte. Especialmente porque não irei para a cama nas próximas horas (*dirigi-se ao sofá*). Pode vir e se sentar, se quiser, e falar sobre qualquer coisa no mundo, exceto a Real Academia, a Sra. Cheveley ou romances em dialeto escocês. Não são assuntos edificantes (*percebe no sofá um objeto parcialmente oculto sob a almofada*). O que é isto? Alguém deixou cair um broche de diamantes! Muito bonito, não é? (*mostra-lhe o objeto*). Gostaria que fosse meu, mas Gertrude não permite que eu use nada a não ser pérolas, e estou cansada de pérolas. Elas fazem uma pessoa parecer tão simples, tão boa e tão intelectual! Pergunto-me a quem pertencerá este broche.

LORD GORING. Pergunto-me quem o deixou cair.

MABEL CHILTERN. É um broche magnífico.

LORD GORING. É um belo bracelete.

MABEL CHILTERN. Não é um bracelete, é um broche.

LORD GORING. Pode ser usado como um bracelete.

(*Ele pega a joia e, sacando do bolso um envelope verde, nele a deposita cuidadosamente. Em seguida, recoloca o envelope e seu conteúdo no bolso, com total sangue-frio.*)

MABEL CHILTERN. O que está fazendo?

LORD GORING. Srta. Mabel, farei um pedido um tanto estranho a você.

MABEL CHILTERN (*ansiosamente*). Ah, por favor! Estive esperando por isto a noite toda!

LORD GORING (*está um pouco pensativo, mas volta a si*). Não comente com ninguém que estou de posse deste broche. Se alguém escrever pedindo para reavê-lo, comunique-me imediatamente.

MABEL CHILTERN. Esse é um pedido estranho.

LORD GORING. Veja bem, eu mesmo dei esse broche a uma certa pessoa há muitos anos.

MABEL CHILTERN. Você deu?

LORD GORING. Sim.

(L*ady* C*hiltern* *entra sozinha. Os demais convidados se foram.*)

MABEL CHILTERN. Então devo lhe desejar boa noite. Boa noite, Gertrude (*sai*).

LADY CHILTERN. Boa noite, querida! (para Lord Goring). Você viu quem Lady Markby trouxe aqui esta noite?

LORD GORING. Sim. Foi uma surpresa desagradável. Com que propósito ela veio aqui?

LADY CHILTERN. Ao que parece, para tentar persuadir Robert a endossar um esquema fraudulento no qual ela está interessada. O projeto do canal argentino, falando abertamente.

LORD GORING. Ela escolheu mal o homem, não foi?

LADY CHILTERN. Ela é incapaz de compreender uma natureza correta como a de meu marido!

LORD GORING. Sim. Suponho que ela tenha se arrependido caso tenha tentado envolver Robert em seus ardis. É incrível que mulheres inteligentes cometam equívocos tão espantosos!

LADY CHILTERN. Eu não qualificaria tais mulheres como inteligentes. Considero-as estúpidas!

LORD GORING. Com frequência, as duas coisas equivalem-se. Boa noite, Lady Chiltern!

LADY CHILTERN. Boa noite!

(*Entra* Sir Robert Chiltern.)

SIR ROBERT CHILTERN. Não se vá ainda, meu caro Arthur! Fique mais um pouco!

LORD GORING. Receio não poder, obrigado. Prometi aparecer na casa dos Hartlock. Creio que eles têm em casa uma banda húngara lilás que toca música húngara lilás. Veremo-nos em breve. Boa noite! (*sai*).

SIR ROBERT CHILTERN. Como você está linda esta noite, Gertrude!

LADY CHILTERN. Robert, diga-me que não é verdade! Não apoiará essa especulação argentina, não é? Não pode fazer isso!

SIR ROBERT CHILTERN (*sobressaltando-se*). Quem lhe disse que eu pretendia fazer isto?

LADY CHILTERN. Aquela mulher que acaba de sair, a Sra. Cheveley, como ela se chama agora. Ela parecia querer me espicaçar com isso. Robert, eu conheço essa mulher, você não. Frequentamos a escola juntas. Ela era traiçoeira, desonesta, uma má influência para todos aqueles cuja confiança ou amizade conseguisse conquistar. Eu a odiava, a desprezava. Ela roubava coisas, era uma ladra. Foi expulsa por roubar. Por que permitiu que ela o influenciasse?

SIR ROBERT CHILTERN. Gertrude, o que diz pode ser verdade, mas aconteceu há muito tempo. É melhor esquecer! A Sra. Cheveley pode ter mudado desde então. Ninguém deve ser julgado inteiramente pelo passado.

LADY CHILTERN (*com voz triste*). A pessoa é o seu passado. Essa é a única maneira pela qual as pessoas devem ser julgadas.

SIR ROBERT CHILTERN. Essa é uma afirmação muito severa, Gertrude!

LADY CHILTERN. É verdadeira, Robert. E o que ela quis dizer quando se gabou de ter convencido você a oferecer o seu apoio, o seu nome, a uma coisa que ouvi você mesmo descrever como o esquema mais desonesto e fraudulento que já houve na vida política?

SIR ROBERT CHILTERN (*mordendo o lábio*). Eu estava enganado. Todos podemos cometer erros.

LADY CHILTERN. Mas ontem você me disse que havia recebido o relatório da comissão e que este condenava inteiramente a coisa toda.

SIR ROBERT CHILTERN (*andando de um lado para o outro*). Agora tenho razões para acreditar que a comissão era tendenciosa, ou, no mínimo, que estava mal informada. Além disso, Gertrude, a vida pública e a privada são coisas diferentes. Elas possuem diferentes leis, e seguem cursos diferentes.

LADY CHILTERN. Ambas devem representar o homem em suas mais elevadas qualidades. Não vejo diferenças entre elas.

OSCAR WILDE

SIR ROBERT CHILTERN (*parando de andar*). No presente caso, por uma questão política prática, modifiquei minha opinião. Isto é tudo.

LADY CHILTERN. Tudo?

SIR ROBERT CHILTERN (*rispidamente*). Sim!

LADY CHILTERN. Robert! É terrível que eu seja obrigada a lhe fazer esta pergunta: Robert, está me dizendo toda a verdade?

SIR ROBERT CHILTERN. Por que me pergunta isso?

LADY CHILTERN (*após uma breve pausa*). Por que não responde?

SIR ROBERT CHILTERN (*sentando-se*). Gertrude, a verdade é uma coisa muito complexa, e a política é um assunto muito complexo. Há engrenagens dentro de engrenagens. Uma pessoa pode ter certas obrigações que é preciso cumprir em relação a outras pessoas. Na vida política, mais cedo ou mais tarde, é preciso fazer concessões. Todos fazem.

LADY CHILTERN. Concessões? Robert, por que está falando de modo tão diferente de como sempre o ouço falar? Por que está mudado assim?

SIR ROBERT CHILTERN. Não estou mudado. Mas as circunstâncias alteram as coisas.

LADY CHILTERN. As circunstâncias nunca devem alterar os princípios!

SIR ROBERT CHILTERN. Mas e se eu lhe dissesse...

LADY CHILTERN. O quê?

SIR ROBERT CHILTERN. Que isso é necessário, vitalmente necessário?

LADY CHILTERN. Jamais é necessário fazer o que não é honrado. Ou, se for necessário, então o que é que eu tanto amei? Mas não é necessário, Robert; diga-me que não é. Por que seria? Que vantagem poderia obter? Dinheiro? Não temos necessidade disso! E o dinheiro que provém de uma fonte corrupta é uma degradação. Poder? Mas o poder não é nada em si mesmo. É o poder de fazer o bem que é válido – este, e somente este. O que é, então? Robert, diga-me por que está fazendo uma coisa tão desonrosa!

SIR ROBERT CHILTERN. Gertrude! Você não tem o direito de usar essa palavra! Eu lhe disse que é uma questão de fazer uma concessão racional. Nada mais além disso.

LADY CHILTERN. Robert, isso pode ser aceitável para outros homens, para homens que tratam a vida simplesmente como uma especulação sórdida; mas não para você, Robert, não para você. Você nunca permitiu que o mundo o aviltasse. Para o mundo, e também para mim, você sempre representou um ideal. Rogo que continue a ser esse ideal. Não jogue fora esse legado – não destrua essa torre de marfim. Robert, os homens podem amar o que está abaixo deles – coisas indignas, maculadas, desonradas. Mas nós, mulheres, veneramos quando amamos – e, ao perder essa veneração, perdemos tudo. Por favor, não mate meu amor por você, não mate isso!

SIR ROBERT CHILTERN. Gertrude!

LADY CHILTERN. Eu sei que há homens com segredos horríveis em suas vidas – homens que fizeram alguma coisa vergonhosa e que, em algum momento crítico, têm de pagar por isso cometendo outro ato vergonhoso. Não me diga que você é um deles! Robert, há em sua vida alguma desonra secreta? Diga-me, diga-me logo que...

SIR ROBERT CHILTERN. O quê?

LADY CHILTERN (*falando muito devagar*). Que nossa vida pode seguir rumos diferentes.

SIR ROBERT CHILTERN. Rumos diferentes?

LADY CHILTERN. Que podem nos separar completamente. Seria melhor para nós dois.

SIR ROBERT CHILTERN. Gertrude, não há nada em meu passado que você não possa saber.

LADY CHILTERN. Eu tinha certeza disso, Robert, eu tinha certeza disso. Mas por que você disse todas essas coisas horríveis, coisas tão destoantes do que você é? Não falemos sobre esse assunto nunca mais. Você escreverá para a Sra. Cheveley e lhe dirá que não pode apoiar seu escandaloso esquema, não é? Se lhe prometeu qualquer coisa, deve voltar atrás, e pronto!

SIR ROBERT CHILTERN. Devo escrever e dizer-lhe isso?

LADY CHILTERN. Com certeza, Robert! O que mais se pode fazer?

SIR ROBERT CHILTERN. Posso encontrá-la pessoalmente. Seria melhor.

LADY CHILTERN. Você não deve encontrá-la nunca mais, Robert! Ela é uma mulher com a qual você nunca mais deve falar. Ela não é digna de falar com um homem como você. Não, você deve escrever-lhe agora, imediatamente, e sua carta deve deixar claro que sua decisão é absolutamente irrevogável!

SIR ROBERT CHILTERN. Escrever agora mesmo?

LADY CHILTERN. Sim.

SIR ROBERT CHILTERN. Mas está tão tarde. Já é quase meia-noite.

LADY CHILTERN. Isso não importa. Ela deve saber imediatamente que se enganou a seu respeito – e que você não é um homem que fará algo vil, desonesto ou desonroso. Escreva aqui, Robert. Escreva que se recusa a apoiar o esquema dela, porque o considera desonesto. Sim – escreva a palavra desonesto. Ela sabe o que significa essa palavra (SIR ROBERT CHILTERN *se senta e redige a carta. Sua esposa a toma e a lê*). Sim, isso servirá (*ela toca uma campainha*). E agora pega um envelope (*ele sobrescreve o envelope lentamente. Entra* MASON). Envie esta carta imediatamente ao Claridge's Hotel. Não haverá resposta (*sai* MASON. LADY CHILTERN *se ajoelha ao lado do marido e o envolve em seus braços*). Robert, o amor confere a uma pessoa um instinto para as coisas. Esta noite sinto que o salvei de algo que poderia ter sido perigoso para você, de algo que poderia ter feito com que os homens o honrassem menos do que o fazem hoje. Acho que não percebe claramente, Robert, que você trouxe à vida política de nossa época uma atmosfera mais nobre, uma atitude mais positiva em relação à vida, um ar mais livre, com objetivos mais puros e ideais mais elevados – eu sei disso, e é por esse motivo que o amo, Robert.

SIR ROBERT CHILTERN. Ah! Ame-me para sempre, Gertrude, para sempre!

LADY CHILTERN. Eu sempre o amarei, Robert, porque você sempre será digno disso! É preciso amar o mais elevado quando o encontramos! (*beija o marido, levanta-se e sai*).

(Sir Robert Chiltern *caminha de um lado para o outro por alguns momentos; depois, senta-se e afunda o rosto entre as mãos. O criado entra e começa a apagar as luzes.* Sir Robert Chiltern *levanta o rosto.*)

SIR ROBERT CHILTERN. Apague as luzes, Mason, apague as luzes!

(*O criado apaga as luzes. O cômodo fica quase totalmente escuro. A única luz provém do grande candelabro sobre a escadaria e ilumina a tapeçaria do Triunfo do Amor.*)

45

SEGUNDO ATO

Cenário

Sala matinal na casa de Sir Robert Chiltern.

(Lord Goring, *trajando todo o requinte da última moda, está recostado em um poltrona.* Sir Robert Chiltern *está de pé diante da lareira. Está claramente em um estado de grande angústia e agitação mental. No decorrer da cena, caminha ansiosamente pelo cômodo.*)

LORD GORING. Meu caro Robert, isto é algo muito complicado, realmente muito complicado. Você deveria ter contado tudo à sua mulher. Resguardar segredos com as esposas dos outros é um luxo necessário na vida moderna. Ao menos é o que me dizem no clube aqueles que já perderam cabelos suficientes para ter aprendido a lição. Mas nenhum homem deve manter segredos diante da própria esposa. Ela sempre os descobre. As mulheres têm um maravilhoso instinto para as coisas. Elas conseguem descobrir tudo, exceto o óbvio.

SIR ROBERT CHILTERN. Arthur, eu não podia contar a ela. Quando poderia ter contado? Ontem não. Teria causado uma separação definitiva entre nós, e eu teria perdido o amor da única mulher no mundo que venero, da única mulher que jamais suscitou o amor em mim. Ontem à noite seria impossível. Ela teria se afastado de mim horrorizada... horrorizada e enojada.

LORD GORING. Ela é tão perfeita assim?

SIR ROBERT CHILTERN. Sim, minha esposa é perfeita a esse ponto.

LORD GORING (*tirando a luva da mão esquerda*). É uma pena! Sinto muito, meu caro, não quis dizer exatamente isso. Mas se o que me diz for verdade, eu gostaria de ter uma boa conversa sobre a vida com Lady Chiltern.

SIR ROBERT CHILTERN. Seria inútil.

LORD GORING. Posso tentar?

SIR ROBERT CHILTERN. Sim. Mas nada fará com que ela altere seu modo de pensar.

LORD GORING. Bem, no pior dos casos, terá sido simplesmente um experimento psicológico.

SIR ROBERT CHILTERN. Tais experimentos são extremamente perigosos.

LORD GORING. Tudo é perigoso, meu caro. Se não fosse assim, a vida não teria graça... Bem, sou obrigado a dizer que em minha opinião você deveria ter contado a ela há anos.

SIR ROBERT CHILTERN. Quando? Quando estávamos noivos? Você pensa que teríamos nos casado se ela soubesse qual é a origem de minha fortuna, a base de minha carreira e que eu fiz uma coisa que suponho que a maioria dos homens qualificaria como vergonhosa e desonrosa?

LORD GORING (*pausadamente*). Sim, não há dúvida de que a maioria dos homens qualificaria com nomes feios o que você fez.

SIR ROBERT CHILTERN (*com amargura*). Homens que cometem atos dessa mesma espécie todos os dias. Homens que, todos eles, têm segredos ainda piores em sua própria vida.

LORD GORING. É por essa razão que sentem tanto prazer em descobrir os segredos dos outros. Isso desvia a atenção do público.

SIR ROBERT CHILTERN. E, afinal, a quem prejudiquei com o que fiz? A ninguém.

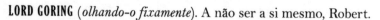

LORD GORING (*olhando-o fixamente*). A não ser a si mesmo, Robert.

SIR ROBERT CHILTERN (*após certa pausa*). É claro que eu tinha informações confidenciais a respeito de uma determinada transação visada pelo governo na época, e agi de acordo com isso. Informações confidenciais são a origem de praticamente todas as grandes fortunas atualmente.

LORD GORING (*batendo em sua bota com a bengala*). E o resultado é sempre um escândalo público.

SIR ROBERT CHILTERN (*andando para lá e para cá*). Arthur, você pensa que o ato que cometi há 18 anos deve ser exposto contra mim agora? Você considera justo que toda a carreira de um homem seja arruinada por um erro cometido quando era quase uma criança? Eu tinha 22 anos na época e tive o duplo azar de ser bem nascido e pobre, duas coisas imperdoáveis atualmente. É justo que uma insensatez, um pecado da juventude de alguém – se quiserem chamar de pecado –, destrua uma vida como a minha, coloque-me na berlinda, aniquile tudo o que me empenhei para ganhar e tudo o que construí? Isso é justo, Arthur?

SIR ROBERT CHILTERN. A vida não é justa, Robert. E, talvez, para a maioria de nós, isso seja um benefício.

SIR ROBERT CHILTERN. Todo homem que tem ambições tem de lutar com as armas de seu tempo. O que nosso tempo cultua é a riqueza. O deus de nosso século é a riqueza. Para se ter êxito, é preciso ter riqueza, a qualquer custo.

LORD GORING. Você se subestima, Robert. Acredite em mim – você também poderia ter tido êxito sem riqueza.

SIR ROBERT CHILTERN. Talvez quando fosse velho. Quando houvesse já perdido minha paixão pelo poder, ou não pudesse mais usá-lo. Quando estivesse cansado, esgotado, decepcionado. Eu queria ter êxito ainda jovem. A juventude é que é o momento de se ter êxito. Eu não podia esperar.

LORD GORING. Bem, com certeza você teve o seu êxito ainda jovem. Ninguém em nossa época teve um êxito tão brilhante.

Subsecretário de Relações Exteriores aos 40 anos – isso seria ótimo para qualquer um, penso eu.

SIR ROBERT CHILTERN. E se tudo me for tirado agora? E se eu perder tudo por causa de um escândalo terrível? E se eu for escorraçado da vida pública?

LORD GORING. Robert, como pôde vender-se por dinheiro?

SIR ROBERT CHILTERN (*exaltado*). Eu não me vendi por dinheiro. Eu comprei o êxito por um alto preço. Isso é tudo.

LORD GORING (*sério*). Sim. Com certeza pagou um preço muito alto. Mas o que o levou a pensar em fazer isso, em primeiro lugar?

SIR ROBERT CHILTERN. O barão Arnheim.

LORD GORING. Maldito canalha!

SIR ROBERT CHILTERN. Não. Ele era um homem de intelecto muito sutil e refinado. Um homem de cultura, charme e distinção. Um dos homens mais intelectualizados que já conheci.

LORD GORING. Ah! Eu sempre prefiro um tolo! A estupidez é mais vantajosa do que se imagina. Eu, pessoalmente, tenho uma grande admiração pela estupidez. É um sentimento de identificação, suponho. Mas como o barão agiu? Conte-me tudo.

SIR ROBERT CHILTERN (*atirando-se a uma poltrona ao lado da escrivaninha*). Certa noite, após o jantar na casa de Lord Radley, o barão começou a falar sobre o êxito na vida moderna como algo que poderia ser reduzido a uma ciência absolutamente exata. Com sua voz calma e incrivelmente fascinante, expôs para nós a mais terrível das filosofias, a filosofia do poder, e pregou o mais maravilhoso dos evangelhos, o evangelho do ouro. Creio que ele percebeu o efeito que produzira em mim, pois alguns dias depois me escreveu pedindo que fosse vê-lo. Morava em Park Lane, na casa que hoje pertence ao Lord Woolcomb. Lembro-me muito bem o modo como ele me guiou, com um estranho sorriso em seu lábios pálidos e encurvados, ao longo de sua maravilhosa galeria de pinturas; mostrou-me suas tapeçarias, suas peças esmaltadas, suas joias, suas esculturas em marfim, fez com que me deslumbrasse diante das maravilhas do luxo em que vivia e, em seguida, disse-me que o luxo não era senão um pano de fundo, um cenário pintado em uma peça, e que o poder, o poder sobre outros homens e sobre o mundo, era a única coisa que realmente valia a pena ter, o prazer supremo que valia conhecer, com o qual alguém nunca se enfastia, e afirmou que, em nossa época, apenas os ricos poderiam possuí-lo.

LORD GORING (*de modo muito deliberado*). Uma crença inteiramente superficial.

SIR ROBERT CHILTERN (*levantando-se*). Eu não pensava assim na época. Tampouco penso assim hoje. A riqueza me conferiu um poder imenso. Ela deu-me liberdade logo no início de minha vida, e liberdade é tudo. Você nunca foi pobre e nunca soube o que é ambição. Não é capaz de entender que maravilhosa oportunidade o barão me ofereceu. Uma oportunidade que poucos homens têm.

LORD GORING. Para a sorte deles, se julgarmos pelos resultados. Mas me diga logo: como o barão o persuadiu a... bem, a fazer o que você fez?

SIR ROBERT CHILTERN. Quando eu estava indo embora, ele me disse que, se em alguma ocasião eu pudesse lhe fornecer alguma informação confidencial realmente valiosa, ele me tornaria um homem muito rico. Fiquei deslumbrado com a perspectiva que ele me apresentara, e minha ambição e meu desejo por poder eram ilimitados na época. Seis semanas mais tarde, certos documentos confidenciais passaram pelas minhas mãos.

LORD GORING (*mantendo seu olhar fixo no tapete*). Documentos do governo?

SIR ROBERT CHILTERN. Sim.

(Lord Goring *suspira, depois passa a mão sobre a testa e olha para cima.*)

LORD GORING. Eu não tinha ideia de que você, dentre todos os homens no mundo, poderia ser tão fraco, Robert, a ponto de ceder a uma tentação como esta que o barão Arnheim lhe propôs.

SIR ROBERT CHILTERN. Fraco? Ah, estou farto de ouvir essa palavra! Farto de usá-la a respeito dos outros. Fraco? Você realmente pensa, Arthur, que é a fraqueza que cede à tentação? Pois lhe direi que há tentações terríveis que requerem força, força e coragem, para aceitá-las. Pôr em jogo toda a sua vida, arriscar tudo em um único lance, seja a recompensa, o poder ou o prazer, não importa – não há fraqueza nisto. Há uma terrível e imensa coragem por trás disso. E eu tive essa coragem. Naquela mesma tarde me sentei e escrevi ao barão a carta que aquela mulher agora possui. Ele auferiu 750 mil na transação.

LORD GORING. E você?

SIR ROBERT CHILTERN. Recebi do barão 110 mil libras.

LORD GORING. Você valia mais, Robert.

SIR ROBERT CHILTERN. Não, esse dinheiro me deu exatamente o que eu queria: poder sobre outros. Entrei para a Câmara imediatamente. O barão me dava conselhos sobre finanças de tempos em tempos. Em menos de cinco anos, eu havia quase triplicado minha fortuna. Desde então, tudo em que toquei teve êxito. Em tudo o que diz respeito a dinheiro, tive uma sorte tão extraordinária que, às vezes, chegou a me sobressaltar. Lembro-me de ter lido em algum lugar, em algum livro estranho, que quando os deuses desejam nos punir, atendem às nossas preces.

LORD GORING. Mas diga-me, Robert, alguma vez se arrependeu do que fez?

SIR ROBERT CHILTERN. Não. Eu sentia que havia enfrentado minha época com suas próprias armas e que havia vencido.

LORD GORING (*em tom triste*). Você pensou ter vencido.

OSCAR WILDE

SIR ROBERT CHILTERN. Sim, pensei (*após uma longa pausa*). Você me despreza pelo que lhe contei, Arthur?

LORD GORING (*em um tom muito comovido*). Lamento muito por você, Robert, muito mesmo.

SIR ROBERT CHILTERN. Não digo que eu tenha ficado com remorso. Não fiquei. Não com um remorso no sentido comum, tolo da palavra. Mas paguei por minha consciência muitas vezes. Nutria a absurda esperança de poder aplacar o destino. Desde então, distribuí em doações de caridade o dobro da quantia que me foi remunerada pelo barão.

LORD GORING (*olhando para o alto*). Em doações de caridade? Céus! Quanto dano deve ter causado, Robert!

SIR ROBERT CHILTERN. Ah, não diga isso, Arthur; não fale assim!

LORD GORING. Não se importe com o que digo, Robert! Estou sempre dizendo o que não devo. Na verdade, em geral digo o que realmente penso. Um grande equívoco hoje em dia. Isso torna a pessoa tão passível de ser mal interpretada! No que se refere a esse assunto espinhoso, ajudarei no que puder. Sabe disso, naturalmente.

SIR ROBERT CHILTERN. Obrigado, Arthur, obrigado. Mas o que se pode fazer? O quê?

LORD GORING (*recostando-se com as mãos nos bolsos*). Bem, os ingleses não suportam um homem que sempre afirma agir corretamente, mas gostam muito de um homem que admite já ter cometido algum erro. Esta é uma das melhores qualidades dos ingleses. No seu caso, porém, Robert, uma confissão não funcionaria. O dinheiro, se me permite dizer, é... embaraçoso. Além disso, se confessar tudo abertamente, jamais poderá falar de moralidade novamente. E, na Inglaterra, um homem que não possa falar de moralidade duas vezes por semana para um público grande, popular e imoral, estará acabado como um político sério. Não lhe restaria nada senão a botânica ou a Igreja. Uma confissão não serviria de nada. Seria a sua ruína.

SIR ROBERT CHILTERN. Seria a minha ruína. Arthur, a única opção para mim é lutar.

LORD GORING (*erguendo-se da cadeira*). Eu estava esperando que dissesse isso, Robert. É a única coisa a fazer agora. E você deve começar contando tudo à sua esposa.

SIR ROBERT CHILTERN. Isso eu não farei.

LORD GORING. Robert, acredite em mim, você está errado.

SIR ROBERT CHILTERN. Eu não poderia fazer isso. Mataria seu amor por mim. E agora falemos dessa mulher, a Sra. Cheveley. Como posso defender-me contra ela? Ao que parece, você a conhecia, Arthur.

LORD GORING. Sim.

SIR ROBERT CHILTERN. Você a conhecia bem?

LORD GORING (*endireitando a gravata*). Tão pouco que certa vez cheguei a ficar noivo dela, quando estava hospedado em casa dos Tenbys. O romance durou três dias... aproximadamente.

SIR ROBERT CHILTERN. Por que romperam?

LORD GORING (*de modo distraído*). Ah, já me esqueci. Ao menos, não importa. A propósito, tentou oferecer-lhe dinheiro? Ela costumava ter um gosto desconcertante pelo dinheiro.

SIR ROBERT CHILTERN. Propus-me a pagar a quantia que ela quisesse. Ela recusou.

LORD GORING. O maravilhoso evangelho do ouro às vezes falha. Os ricos não podem fazer tudo, afinal.

SIR ROBERT CHILTERN. Nem tudo. Suponho que você tenha razão. Arthur, sinto que a desonra pública está logo à minha frente. Tenho certeza. Nunca antes eu soube o que é o terror – mas agora sei. É como se uma mão gelada segurasse nosso coração. É como se o coração fosse bater até a morte num completo vazio.

LORD GORING (*batendo com o punho na mesa*). Robert, você tem de enfrentá-la! Você tem de enfrentá-la!

SIR ROBERT CHILTERN. Mas como?

LORD GORING. Não sei dizer agora. Não tenho a mínima ideia. Mas todos têm um ponto fraco. Cada um de nós possui alguma falha (*caminha até a lareira e se olha no espelho*). Meu pai afirma que até mesmo eu tenho falhas. Talvez eu tenha – não sei.

SIR ROBERT CHILTERN. Ao me defender da Sra. Cheveley, tenho o direito de usar todas as armas ao meu dispor, não tenho?

LORD GORING (*ainda olhando-se no espelho*). Em seu lugar, creio que eu não teria o menor escrúpulo em fazê-lo. Ela é perfeitamente capaz de cuidar de si mesma.

SIR ROBERT CHILTERN (*sentando-se à mesa e apanhando uma pena*). Bem, enviarei um telegrama cifrado à Embaixada em Viena para investigar se sabem algo contra ela. Pode ser que haja algum escândalo oculto cuja divulgação possa amedrontá-la.

LORD GORING (*ajeitando a flor que tinha na lapela*). Bem, suponho que a Sra. Cheveley seja uma dessas mulheres muito modernas de nosso tempo, que consideram um novo escândalo tão lisonjeiro quanto um novo chapéu, e que se deleitam ao exibir ambos no parque todas as tardes às cinco e meia, tenho certeza de que ela adora escândalos, e de que o desgosto de sua vida no momento é não estar conseguindo criar escândalos suficientes.

SIR ROBERT CHILTERN (*escrevendo*). Por que diz isso?

LORD GORING (*virando-se*). Bem, ela usava *rouge* em demasia ontem à noite, e roupas que não a cobriam o bastante. Isso é sempre um sinal de desespero nas mulheres.

SIR ROBERT CHILTERN (*tocando uma campainha*). Mas vale a pena telegrafar para Viena, não é verdade?

LORD GORING. Sempre vale a pena perguntar, embora nem sempre valha a pena responder.

(*Entra* Mason.)

SIR ROBERT CHILTERN. O Sr. Trafford está em seu quarto?

MASON. Sim, Sir Robert.

SIR ROBERT CHILTERN (*insere a mensagem que redigiu em um envelope e o fecha cuidadosamente*). Diga-lhe para enviar este telegrama cifrado imediatamente, sem demora.

MASON. Sim, Sir Robert.

SIR ROBERT CHILTERN. Ah! Devolva-me isto.

(*Escreve algo no envelope.* MASON *sai com a mensagem.*)

SIR ROBERT CHILTERN. Ela deve ter tido algum curioso domínio sobre o barão Arnheim. Pergunto-me o que seria.

LORD GORING (*sorrindo*). Sim, qual seria?

SIR ROBERT CHILTERN. Lutarei com ela até a morte, desde que minha esposa não saiba de nada.

LORD GORING (*enfaticamente*). Lute de qualquer maneira – de qualquer maneira.

SIR ROBERT CHILTERN (*com um gesto de desespero*). Se minha esposa descobrisse, restaria pouco por que lutar. Bem, vou avisá-lo quando tiver notícias de Viena. É apenas uma possibilidade, mas acredito que possa se concretizar. E, já que enfrentei nossa época com suas próprias armas, farei o mesmo com a Sra. Cheveley. É justo, e ela parece ter um passado, não é verdade?

LORD GORING. A maioria das mulheres bonitas tem um. Mas há uma moda para os passados assim como há para os vestidos. Talvez o da Sra. Cheveley seja apenas um mero decotado, e eles estão muito na moda hoje em dia. Além disso, meu caro Robert, eu não teria grandes esperanças de intimidar a Sra. Cheveley. Imagino que ela não se amedronte facilmente. Ela sobreviveu a todos os seus credores, e demonstra uma incrível presença de espírito.

SIR ROBERT CHILTERN. Ah! Agora vivo de esperanças. Agarro-me a qualquer possibilidade. Sinto-me como se estivesse em um navio prestes a afundar. A água já alcança meus pés, e no próprio ar já pressinto a tempestade. Silêncio! Ouço a voz de minha esposa.

(*Entra* Lady Chiltern *em trajes de passeio.*)

LADY CHILTERN. Boa tarde, Lord Goring!

LORD GORING. Boa tarde, Lady Chiltern! Esteve passeando no parque?

LADY CHILTERN. Não. Venho da Associação Liberal de Mulheres, onde, a propósito, Robert, seu nome foi recebido com grandes aplausos, e agora voltei para tomar meu chá (*para* Lord Goring). Ficará para tomar chá conosco, não?

LORD GORING. Ficarei um pouco mais, obrigado.

LADY CHILTERN. Estarei de volta em um minuto. Vou apenas retirar meu chapéu.

LORD GORING (*em tom muito sincero*). Ah! Por favor, não faça isso. É tão bonito! Um dos chapéus mais bonitos que já vi. Espero que a Associação Liberal de Mulheres o tenha aplaudido também.

LADY CHILTERN (*com um sorriso*). Temos coisas muito mais importantes a fazer do que reparar nos chapéus umas das outras, Lord Goring.

LORD GORING. É mesmo? Que tipo de coisas?

LADY CHILTERN. Ah! Coisas aborrecedoras, úteis, agradáveis, como as regulamentações dos empregos na indústria, as inspetoras do sexo feminino, o projeto de lei sobre a jornada de trabalho de oito horas, o direito de voto... Com efeito, tudo o que você considera mais completamente destituído de interesse.

LORD GORING. E nunca falam de chapéus?

LADY CHILTERN (*com simulada indignação*). Nunca! Nunca falamos de chapéus!

(LADY CHILTERN *sai pela porta que leva aos seus aposentos.*)

SIR ROBERT CHILTERN (*segura a mão de* LORD GORING). Você tem sido um bom amigo para mim, Arthur, um ótimo amigo realmente.

LORD GORING. Creio que até o momento ainda não fiz muito por você, Robert. Na verdade, não pude fazer nada por você, até onde posso ver. Estou muito decepcionado comigo.

SIR ROBERT CHILTERN. Você permitiu que eu lhe contasse a verdade. Isso já é alguma coisa. A verdade sempre me sufocou.

LORD GORING. Ah! A verdade é uma coisa da qual me desembaraço assim que possível! Mau hábito, por sinal. Torna uma pessoa muito pouco popular no clube, com os membros mais antigos. Eles dizem que é arrogante. Talvez seja realmente.

SIR ROBERT CHILTERN. Quisera Deus que eu tivesse sido capaz de contar a verdade... de viver a verdade. Ah! Essa é a melhor coisa na vida, viver a verdade (*suspira e caminha em direção à porta*). Verei você em breve, não, Arthur?

LORD GORING. Com certeza. Quando quiser. Hoje à noite irei ao Baile dos Solteiros, a menos que encontre algo melhor para fazer. Mas voltarei amanhã de manhã. Se por acaso precisar de mim hoje à noite, mande um recado à rua Curzon.

SIR ROBERT CHILTERN. Obrigado.

(*Quando* SIR ROBERT CHILTERN *chega à porta,* LADY CHILTERN *aparece, voltando de seus aposentos.*)

LADY CHILTERN. Você não vai sair, não é, Robert?

SIR ROBERT CHILTERN. Tenho de redigir algumas cartas, querida.

LADY CHILTERN (*indo até ele*). Você trabalha demais, Robert. Nunca pensa em si mesmo, e está parecendo muito cansado.

SIR ROBERT CHILTERN. Não é nada, minha querida, não é nada (*ele beija a esposa e retira-se*).

LADY CHILTERN (*para* LORD GORING.). Sente-se. Fico tão feliz que tenha vindo nos visitar. Quero conversar com você sobre... bem, não é sobre chapéus nem sobre a Associação Liberal de Mulheres. Você tem interesse demais no primeiro assunto e praticamente nenhum no segundo.

LORD GORING. Quer conversar comigo sobre a Sra. Cheveley?

LADY CHILTERN. Sim. Você adivinhou. Depois que você foi embora ontem à noite, descobri que era verdade o que ela me havia dito. Naturalmente, fiz com que Robert escrevesse uma carta para ela imediatamente, retirando sua promessa.

LORD GORING. Foi o que ele me contou.

LADY CHILTERN. Cumprir aquela promessa teria sido a primeira mancha em uma carreira que até hoje se manteve imaculada. Robert tem de estar acima de qualquer censura. Ele não é como os outros homens. Não pode permitir-se fazer o que outros fazem (*ela olha para* LORD GORING, *que se mantém em silêncio*). Não concorda comigo? Você é o melhor amigo de Robert. É nosso melhor amigo, Lord Goring. Ninguém, a não ser eu mesma, conhece Robert melhor do que você. Ele não tem segredos para mim, tampouco creio que tenha para você.

LORD GORING. Ele com certeza não guarda segredos de mim. Ao menos eu penso que não.

LADY CHILTERN. Então não estou certa em minha opinião sobre ele? Sei que estou certa, mas fale com sinceridade.

LORD GORING (*olhando seriamente para ela*). Com total sinceridade?

LADY CHILTERN. Sim. Você não tem nada a esconder, tem?

LORD GORING. Nada. Mas, minha cara Lady Chiltern, penso que, se me permite dizer, na vida prática...

LADY CHILTERN (*sorrindo*). Sobre a qual sabe tão pouco, Lord Goring...

LORD GORING. Sobre a qual nada sei por experiência, porém sei algo pela observação. Penso que na vida prática há algo que diz respeito ao êxito, ao verdadeiro êxito, que é um pouco inescrupuloso e algo relativo à ambição, que é sempre inescrupuloso também. Uma vez que um homem tenha determinado seu coração e sua alma a atingir um determinado objetivo, se tiver de escalar um penhasco, assim o fará, e, se tiver de caminhar pelo lamaçal...

LADY CHILTERN. Então?

LORD GORING. Caminhará pelo lamaçal. É claro que estou apenas falando de modo geral sobre a vida.

LADY CHILTERN (*em tom sério*). Espero que sim. Por que me olha de modo tão estranho, Lord Goring?

LORD GORING. Lady Chiltern, às vezes penso que... talvez você seja um pouco severa em algumas de suas visões sobre a vida. Penso que... muitas vezes você não faz concessões suficientes. Em toda natureza há elementos de fraqueza, ou piores que fraqueza. Supondo, por exemplo, que qualquer homem público – meu pai, ou Lord Merton, ou Robert, digamos – houvesse escrito, anos atrás, alguma carta imprudente para alguém...

LADY CHILTERN. O que quer dizer com "carta imprudente"?

LORD GORING. Uma carta que comprometesse gravemente a posição dessa pessoa. Estou falando apenas de uma situação imaginária.

LADY CHILTERN. Robert é incapaz de fazer algo imprudente tanto quanto é incapaz de fazer algo errado.

LORD GORING (*após uma longa pausa*). Ninguém é incapaz de cometer uma imprudência. Ninguém é incapaz de tomar uma atitude errada.

LADY CHILTERN. Você é um pessimista? O que os outros dândis dirão? Ficarão todos de luto.

LORD GORING (*levantando-se*). Não, Lady Chiltern, não sou um pessimista. Na verdade, não tenho certeza se sei o que o pessimismo realmente significa. Tudo o que sei é que a vida não pode ser compreendida sem uma boa dose de caridade, não pode ser vivida sem uma boa dose de caridade. É o amor, e não a filosofia alemã, o que constitui a verdadeira explicação para este mundo, qualquer que possa ser a explicação para o próximo. E, se algum dia estiver com problemas, Lady Chiltern, pode confiar em mim – vou ajudá-la como puder. Sempre que precisar, venha até mim e terá meu auxílio. Procure-me imediatamente.

LADY CHILTERN (*olhando-o com surpresa*). Lord Goring, você está sendo muito sério. Creio que nunca o ouvi falar de modo tão sério.

LORD GORING (*rindo*). Peço desculpas, Lady Chiltern. Isto não acontecerá novamente se eu puder evitar.

LADY CHILTERN. Mas gosto que você fale sério.

(*Entra* MABEL CHILTERN *usando um vestido deslumbrante.*)

MABEL CHILTERN. Cara Gertrude, não diga algo tão horrível a Lord Goring. A seriedade seria muito inapropriada para ele. Boa tarde, Lord Goring! Rogo que seja tão banal quanto possível.

LORD GORING. Eu gostaria muito, Srta. Mabel, mas receio que eu esteja... meio fora de forma esta manhã. Além disto, tenho de ir agora.

LADY CHILTERN. Logo quando eu chego! Isso é muito descortês! Com certeza está sendo muito malcriado.

LORD GORING. Realmente.

MABEL CHILTERN. Gostaria de tê-lo educado eu mesma!

LORD GORING. Lamento que não tenha sido assim.

MABEL CHILTERN. Agora já é tarde demais, suponho?

LORD GORING (*sorrindo*). Não tenho certeza.

MABEL CHILTERN. Sairá para cavalgar amanhã cedo?

LORD GORING. Sim. Às dez horas.

MABEL CHILTERN. Não esqueça.

LORD GORING. Não esquecerei. A propósito, Lady Chiltern, no *Morning Post* de hoje não aparece a lista de seus convidados. Aparentemente, teve de ceder espaço para o Conselho Municipal, a Conferência de Lambeth ou algum outro assunto tão enfadonho quanto. Poderia fornecer-me uma lista? Peço-lhe isso por um motivo particular.

LADY CHILTERN. Com certeza o Sr. Trafford poderá lhe fornecer a lista.

LORD GORING. Muito obrigado.

MABEL CHILTERN. Tommy é a pessoa mais útil de Londres.

LORD GORING (*virando-se para ela*). E quem é a mais decorativa?

MABEL CHILTERN (*triunfante*). Sou eu.

LORD GORING. É muito sagaz de sua parte perceber isso! (*apanha o chapéu e a bengala*). Adeus, Lady Chiltern! Você se lembrará do que eu lhe disse, não é mesmo?

LADY CHILTERN. Sim, mas não sei o motivo.

LORD GORING. Nem eu mesmo sei ao certo. Adeus, Srta. Mabel!

MABEL CHILTERN (*fazendo um trejeito de descontentamento*). Eu não queria que fosse embora. Tive quatro aventuras maravilhosas esta manhã; quatro e meia, na verdade. Você poderia ficar e me ouvir contar algumas.

LORD GORING. Quão egoísta de sua parte ter quatro aventuras e meia! Não restará nenhuma para mim.

MABEL CHILTERN. Não quero que tenha nenhuma. Não seria bom para você.

LORD GORING. Esta é a primeira coisa rude que já me disse. Falou de modo encantador! Amanhã às dez.

MABEL CHILTERN. Em ponto.

LORD GORING. Em ponto. Mas não traga o Sr. Trafford.

MABEL CHILTERN (*meneando a cabeça.*). Claro que não levarei Tommy Trafford. Ele perdeu minhas boas graças.

LORD GORING. Fico muito feliz em saber (*faz uma mesura e retira-se*).

MABEL CHILTERN. Gertrude, peço que fale com Tommy Trafford.

LADY CHILTERN. O que o pobre Sr. Trafford fez desta vez? Robert afirma que ele é o melhor secretário que já teve.

MABEL CHILTERN. Bem, ele me pediu em casamento novamente. Tommy realmente não faz nada além de me pedir em casamento. Ele o fez ontem à noite na sala de música, quando eu estava desprotegida, pois havia um trio tocando. Nem é preciso lhe dizer que eu não ousei replicar, ou eu teria interrompido a música imediatamente. As pessoas musicais não são nada razoáveis; sempre querem que sejamos completamente estúpidos no exato momento quando desejaríamos ser absolutamente surdos. Depois ele fez novamente o pedido em plena luz do dia hoje pela manhã, em frente àquela horrível estátua de Aquiles. Realmente, as coisas que acontecem em frente àquela obra de arte são chocantes. A polícia deveria interferir. Durante o almoço, vi pelo brilho em seus olhos que ele faria o pedido de novo, e consegui impedi-lo afirmando ser uma bimetalista[5]. Felizmente, não sei o que significa bimetalismo. Acho que ninguém sabe realmente. Mas a observação deixou Tommy abalado por dez minutos. Ele parecia chocado. E é tão irritante a maneira como ele me propõe casamento. Se ele fizesse o pedido em voz alta, eu não me incomodaria tanto. Isso poderia causar certo efeito no público. Mas ele fala de uma maneira horrivelmente confidencial. Quando quer ser romântico, fala como se fosse um médico. Gosto muito de Tommy, mas seus métodos de galanteio são completamente

---

5. O bimetalismo é um sistema monetário em que dois metais, o ouro e a prata, são usados como moeda.

antiquados. Peço que fale com ele, Gertrude, e lhe diga que uma vez por semana é o bastante para pedir alguém em casamento, e que isso sempre deve ser feito de maneira que atraia alguma atenção.

LADY CHILTERN. Querida Mabel, não fale assim. Além disso, Robert tem grande consideração pelo Sr. Trafford e acredita que ele terá um futuro brilhante.

MABEL CHILTERN. Ah! Eu não me casaria com um homem de futuro por nada neste mundo.

LADY CHILTERN. Mabel!

MABEL CHILTERN. Eu sei, minha cara. Você se casou com um homem de futuro, não é? Mas Robert era um gênio, e você possui um caráter nobre e a qualidade do autossacrifício. Você tolera gênios. Mas eu não tenho caráter algum, e Robert é o único gênio que sou capaz de suportar. Via de regra, considero-os impossíveis. Gênios falam demais, não é verdade? Um péssimo hábito! E estão sempre pensando sobre si mesmos, quando deveriam estar pensando em mim. Agora devo sair para ensaiar na casa de Lady Basildon. Deve se lembrar de que estamos ensaiando representações de cenas pictóricas, não? "O triunfo de algo", não sei do quê! Espero que seja o meu triunfo – o único em que estou realmente interessada no momento (*beija Lady Chiltern e sai; em seguida, volta correndo*). Gertrude, sabe quem está vindo visitá-la? Aquela horrível Sra. Cheveley, em um vestido lindíssimo. Você a convidou?

LADY CHILTERN (*levantando-se*). A Sra. Cheveley! Vindo visitar-me? Impossível!

MABEL CHILTERN. Garanto-lhe que ela está subindo as escadas, em carne e osso.

LADY CHILTERN. Não é preciso que me faça companhia, Mabel. Lembre-se de que Lady Basildon a aguarda.

MABEL CHILTERN. Ah! Tenho de cumprimentar Lady Markby. Ela é maravilhosa. Adoro ser repreendida por ela.

(*Entra* MASON.)

MASON. Lady Markby. Sra. Cheveley.

(*Entram* LADY MARKBY *e a* SRA. CHEVELEY.)

LADY CHILTERN. Minha cara Lady Markby, que gentil de sua parte vir me visitar! (*aperta sua mão e faz uma leve mesura a distância para a Sra. Cheveley*). Não quer sentar-se, Sra. Cheveley?

SRA. CHEVELEY. Obrigada. Esta não é a Srta. Chiltern? Eu adoraria conhecê-la.

LADY CHILTERN. Mabel, a Sra. Cheveley deseja conhecê-la.

(MABEL CHILTERN *faz um pequeno aceno.*)

SRA. CHEVELEY (*sentando-se*). Achei tão encantador o vestido que usou ontem à noite, Srta. Chiltern. Tão simples e... apropriado.

MABEL CHILTERN. É mesmo? Devo dizer isso à minha modista. Será uma surpresa para ela. Adeus, Lady Markby.

LADY MARKBY. Já vai embora?

MABEL CHILTERN. Sinto muito, mas tenho de ir. Estou atrasada para o ensaio. Tenho de ficar de ponta-cabeça em uma representação pictórica.

LADY MARKBY. De ponta-cabeça? Espero que não! Receio que não seja nem um pouco saudável. (*senta-se no sofá ao lado de* LADY CHILTERN).

MABEL CHILTERN. Mas é para a caridade: em auxílio dos que não merecem, as únicas pessoas pelas quais realmente me interesso. Sou a secretária e Tommy Trafford é o tesoureiro.

SRA. CHEVELEY. E Lord Goring, o que é?

MABEL CHILTERN. Ah! Lord Goring é o presidente.

SRA. CHEVELEY. O cargo provavelmente lhe convém perfeitamente, a menos que tenha degenerado desde que o conheci.

LADY MARKBY (*refletindo*). Você é incrivelmente moderna, Mabel. Talvez um pouco moderna demais. Nada é mais perigoso do que ser moderna demais. A pessoa fica suscetível a tornar-se antiquada em um piscar de olhos. Já vi muitos casos assim.

MABEL CHILTERN. Que perspectiva terrível!

LADY MARKBY. Ah, minha cara, não precisa se preocupar. Sempre será linda. Esta é a melhor moda que há, e a única moda que a Inglaterra tem êxito em lançar.

MABEL CHILTERN (*com mesura*). Muito obrigada, Lady Markby, em nome da Inglaterra... e meu (*sai*).

LADY MARKBY (*voltando-se para* LADY CHILTERN). Cara Gertrude, viemos apenas para saber se o broche de diamantes da Sra. Cheveley foi encontrado.

LADY CHILTERN. Aqui?

SRA. CHEVELEY. Sim. Percebi que estava sem ele quando retornei ao Claridge's e pensei que poderia tê-lo deixado cair aqui.

LADY CHILTERN. Não fui comunicada de nada a esse respeito. Mas chamarei o mordomo e perguntarei a ele (*toca a campainha*).

SRA. CHEVELEY. Ah! Peço que não se incomode, Lady Chiltern. Talvez eu o tenha perdido na ópera, antes de vir para cá.

LADY MARKBY. Ah, sim. Suponho que deva ter sido na ópera. O fato é que hoje em dia nos aglomeramos e nos acotovelamos tanto que é um milagre que ainda tenhamos algo sobre nós no fim da noite. Eu mesma, quando estou retornando dos salões, sempre sinto como se não houvesse um trapo sequer sobre mim, a não ser um resquício de boa reputação, apenas o suficiente para impedir que as classes mais baixas façam comentários desagradáveis através das janelas da carruagem. O fato é que nossa sociedade está com excesso de população. Conviria que alguém organizasse um bom projeto de incentivo à emigração. Seria um grande benefício.

SRA. CHEVELEY. Concordo inteiramente com a senhora, Lady Markby. Faz quase seis anos que estive em Londres para a temporada pela última vez, e devo dizer que a Sociedade tornou-se muito imiscuída. Vemos pessoas muito estranhas por toda parte.

LADY MARKBY. É bem verdade, minha cara. Mas não é preciso conhecê-las. Tenho certeza de que não conheço metade das pessoas que frequentam minha casa. Com efeito, pelo que ouço dizer, eu não gostaria mesmo de conhecê-las.

(*Entra* MASON.)

LADY CHILTERN. Como era o broche que perdeu, Sra. Cheveley?

SRA. CHEVELEY. Um broche de diamantes em forma de serpente, com um rubi, um grande rubi.

LADY MARKBY. Pensei que houvesse dito que havia uma safira na cabeça, minha cara.

SRA. CHEVELEY (*sorrindo*). Não, Lady Markby – um rubi.

LADY MARKBY (*acenando com a cabeça*). E muito vistoso, com certeza.

LADY CHILTERN. Um broche com um rubi e diamantes foi encontrado em alguma parte da casa esta manhã, Mason?

MASON. Não, minha senhora.

SRA. CHEVELEY. Não tem importância, Lady Chiltern. Lamento muito tê-la incomodado.

LADY CHILTERN (*friamente*). Ah, não foi incômodo nenhum. Isso é tudo, Mason. Pode trazer o chá.

(*Sai* MASON.)

LADY MARKBY. Bem, devo dizer que é um aborrecimento perder alguma coisa. Recordo-me de certa ocasião em Bath, há vários anos, na qual perdi um bracelete de camafeu que Sir John havia me dado. Creio que não me deu mais nada desde então, lamento dizer. Ele se deteriorou muito. De fato, esta horrível Câmara dos Comuns arruína nossos maridos para nós. Considero a Câmara Baixa de longe a maior ameaça a uma vida conjugal feliz desde a invenção daquela terrível coisa chamada Educação Superior Feminina.

LADY CHILTERN. Ah! É uma heresia dizer isto nesta casa, Lady Markby. Robert é um grande defensor da Educação Superior Feminina, e receio que eu também seja.

SRA. CHEVELEY. Eu gostaria de ver a Educação Superior Masculina. Os homens precisam disso desesperadamente.

LADY MARKBY. Realmente, minha cara. Mas receio que tal projeto seja totalmente inviável. Não creio que o homem tenha grande capacidade de desenvolvimento. Ele já chegou até onde poderia, e não foi muito longe, não é? No que diz respeito às mulheres, cara Gertrude, você pertence à geração mais jovem, e creio que é apropriado que aprove isso. Na minha época, é claro, éramos ensinadas a não compreender nada. Este era o sistema antigo, e era muito interessante. Garanto-lhe que a quantidade de coisas que minha irmã e eu fomos ensinadas a não compreender era extraordinária. Mas as mulheres modernas compreendem tudo, é o que me dizem.

SRA. CHEVELEY. Exceto seus maridos. Esta é a única coisa que a mulher moderna nunca compreende.

LADY MARKBY. E isso é uma coisa muito boa também, ouso dizer. Muitos lares felizes seriam arruinados se elas compreendessem. Não o seu, é claro, Gertrude, nem preciso dizer. Casou-se com um marido modelo. Gostaria de poder dizer o mesmo de mim. Mas desde que Sir John decidiu comparecer aos debates regularmente, o que ele não costumava fazer antigamente, sua linguagem tornou-se insuportável. Ele parece sempre pensar que está discursando

OSCAR WILDE

na Câmara, e, consequentemente, toda vez que discute a situação do trabalhador agrícola, ou a Igreja galesa, ou qualquer outra coisa inteiramente imprópria dessa espécie, sou obrigada a mandar que os empregados saiam do recinto. Não é agradável ver nosso próprio mordomo, que nos serve há 23 anos, ruborizar-se ao lado da mesa, e os lacaios contorcerem-se pelos cantos como artistas de circo. Afirmo que minha vida estará totalmente arruinada a menos que remetam John imediatamente para a Câmara Alta. Ele não se interessará mais por política depois disso, não é? A Câmara dos Lordes é tão sensata! Uma assembleia de *gentlemen*. Mas, na situação atual, o convívio com Sir John está sendo uma provação. Esta manhã, quando não havíamos sequer chegado à metade do café da manhã, ele se posicionou adiante da lareira com as mãos nos bolsos e começou a discursar ao país a plenos pulmões. Nem é preciso dizer que me levantei da mesa logo após a segunda xícara de chá. Mas sua vigorosa elocução podia ser ouvida em toda a casa. Creio, Gertrude, que Sir Robert não se comporta desse modo, não é mesmo?

LADY CHILTERN. Mas eu me interesso muito por política, Lady Markby. Adoro ouvir Robert falar sobre o assunto.

LADY MARKBY. Bem, espero que ele não seja tão dedicado quanto Sir John aos Livros Azuis de registros parlamentares. Não creio que eles sejam dignos de ser lidos por ninguém.

SRA. CHEVELEY (*languidamente*). Nunca li um Livro Azul. Prefiro os livros... com capas amarelas.

LADY MARKBY (*com franca inocência*). O amarelo é uma cor mais alegre, não é? Eu costumava usar amarelo com frequência quando era mais jovem, e ainda usaria caso Sir John não fosse tão desagradavelmente pessoal em suas observações, e um homem é sempre ridículo quando se trata de vestidos, não é verdade?

SRA. CHEVELEY. Ah, não! Eu acho que os homens são as únicas autoridades em vestidos.

LADY MARKBY. É mesmo? Não é o que se suporia pelos chapéus que usam, não é?

(*Entra o mordomo, seguido pelos serviçais. O chá é servido em uma pequena mesa próxima a* LADY CHILTERN.)

LADY CHILTERN. Posso oferecer-lhe uma xícara de chá, Sra. Cheveley?

SRA. CHEVELEY. Obrigada.

(*O mordomo entrega à* SRA. CHEVELEY *uma xícara de chá em uma bandeja.*)

LADY CHILTERN. Aceita um pouco de chá, Lady Markby?

LADY MARKBY. Não, obrigada (*saem os serviçais*). Na verdade, prometi uma visita de dez minutos para ver a pobre Lady Brancaster, que está passando por grandes tribulações. Sua filha, uma menina muito bem criada, ficou noiva de um pároco em Shropshire. É muito triste, muito triste realmente. Não consigo entender essa mania moderna pelos párocos. No meu tempo de garota, nós os víamos por todos os lados, como coelhos. Mas nunca prestávamos atenção neles, é claro. Mas me disseram que atualmente a sociedade do interior está apinhada de clérigos. Considero isso uma irreligiosidade. E, além disso, o filho mais velho desentendeu-se com o pai, e as pessoas contam que, quando se encontram no clube, Lord Brancaster sempre se esconde atrás da coluna de economia do jornal *The Times*. Porém, creio que isso seja uma ocorrência comum nos dias atuais, e que todos os clubes na St. James Street devem receber exemplares adicionais do *The Times*. Há tantos filhos que não querem ter qualquer relação com seus pais, e tantos pais que não querem falar com seus filhos! Considero isso lamentável.

SRA. CHEVELEY. Eu também. Os pais têm tanto a aprender com seus filhos!

LADY MARKBY. É mesmo, minha cara? O quê?

SRA. CHEVELEY. A arte de viver. A única das belas artes que produzimos nos tempos modernos.

LADY MARKBY (*balançando a cabeça*). Ah! Receio que Lord Brancaster soubesse muito a esse respeito. Muito mais do que sua pobre esposa jamais soube (*voltando-se para* LADY CHILTERN). Você conhece Lady Brancaster, não é, minha cara?

LADY CHILTERN. Apenas superficialmente. Ela estava hospedada em Langton no último outono, quando estávamos lá.

LADY MARKBY. Bem, como todas as mulheres robustas, ela parece o próprio retrato da felicidade, como sem dúvida deve ter notado. Mas há muitas tragédias em sua família, além desse assunto do pároco. Sua própria irmã, a Sra. Jekyll, tem uma vida muito infeliz; não por culpa dela, lamento dizer. Nos últimos tempos, estava tão abatida que foi para um convento, ou para os palcos da ópera, não lembro qual dos dois. Não, creio que passou a se dedicar ao bordado decorativo. Sei que perdeu todo o gosto pela vida (*levantando-se*). E agora, Gertrude, se me permite, devo deixar a Sra. Cheveley sob sua responsabilidade; retornarei para buscá-la dentro de quinze minutos. Ou, talvez, minha cara Sra. Cheveley, não se incomode de aguardar na carruagem enquanto visito Lady Brancaster. Sendo uma visita de condolência, não me demorarei muito.

SRA. CHEVELEY (*levantando-se*). Não me importo de aguardar na carruagem, desde que haja alguém para me ver.

LADY MARKBY. Bem, ouvi dizer que o pároco está sempre rondando a casa.

SRA. CHEVELEY. Receio que eu não tenha interesse em amiguinhas.

LADY CHILTERN. Ah, espero que a Sra. Cheveley possa ficar. Eu gostaria de conversar mais um pouco com ela.

SRA. CHEVELEY. Que gentil de sua parte, Lady Chiltern! Acredite, nada me daria maior prazer.

LADY MARKBY. Ah! Sem dúvida as duas devem ter muitas reminiscências agradáveis dos tempos de escola sobre as quais conversar. Adeus, cara Gertrude! Suponho que a verei hoje à noite em casa de Lady Bonar? Ela descobriu um maravilhoso novo gênio. Ele faz... não faz nada, creio eu. Isso é um alívio, não é?

LADY CHILTERN. Robert e eu jantaremos sozinhos em casa hoje, e creio que não sairei depois. Robert, evidentemente, terá de comparecer à Câmara. Mas não há nada de interessante em pauta no momento.

LADY MARKBY. Jantar em casa sozinhos? É prudente fazer isso? Ah, eu havia me esquecido, seu marido é uma exceção. O meu é a regra geral, e nada faz uma mulher envelhecer tão rapidamente quanto se casar com a regra geral (*sai* Lady Markby).

SRA. CHEVELEY. Uma mulher maravilhosa, Lady Markby, não? Fala mais e diz menos do que qualquer pessoa que eu já tenha conhecido. Nasceu para a oratória. Muito mais que seu marido, embora ele seja um inglês típico, sempre enfadonho e usualmente agressivo.

LADY CHILTERN (*não responde, mas continua de pé. Há uma pausa. Depois as duas mulheres cruzam os olhares.* Lady Chiltern *está séria e pálida. A* Sra. Cheveley *parece divertir-se*). Sra. Cheveley, creio ser acertado dizer-lhe que, se soubesse quem a senhora realmente era, não a teria convidado à minha casa ontem à noite.

SRA. CHEVELEY (*com um sorriso impertinente*). É mesmo?

LADY CHILTERN. Eu não deveria ter feito isso.

SRA. CHEVELEY. Vejo que após todos esses anos você não mudou nada, Gertrude.

LADY CHILTERN. Eu nunca mudo.

SRA. CHEVELEY (*erguendo as sobrancelhas*). Então a vida não lhe ensinou nada?

LADY CHILTERN. Ensinou-me que uma pessoa que já cometeu um ato desonesto e desonroso pode incorrer nisso uma segunda vez, por essa razão deve ser evitada.

SRA. CHEVELEY. Aplicaria essa regra a todos?

LADY CHILTERN. Sim, a todos, sem exceção.

SRA. CHEVELEY. Então lamento por você, Gertrude, lamento muito mesmo.

LADY CHILTERN. Suponho que perceba ser impossível qualquer outro contato entre nós durante sua estada em Londres.

SRA. CHEVELEY (*recostando-se na cadeira*). Sabe, Gertrude, seu pequeno discurso sobre moralidade não me incomoda. A moralidade é simplesmente a atitude que adotamos diante de quem não gostamos. Você não gosta de mim. Tenho plena consciência. E eu sempre a detestei. Apesar disso, vim aqui hoje para prestar-lhe um serviço.

LADY CHILTERN (*com desprezo*). Como o serviço que pretendia prestar a meu marido ontem à noite, suponho. Graças a Deus, eu o salvei.

SRA. CHEVELEY (*erguendo-se num ímpeto*). Então foi você quem o fez escrever aquela carta insolente? Foi você quem o impeliu a quebrar sua promessa?

LADY CHILTERN. Sim.

SRA. CHEVELEY. Então deve convencê-lo a cumpri-la. Dou-lhe até amanhã de manhã, não mais que isso. Se até lá seu marido não se comprometer solenemente a me ajudar nesse grande projeto no qual tenho interesse...

LADY CHILTERN. Nessa especulação fraudulenta...

SRA. CHEVELEY. Chame como quiser. Tenho seu marido na palma da minha mão, e, se você for sensata, fará com que ele cumpra o que eu lhe digo.

LADY CHILTERN (*levantando-se e aproximando-se da outra*). Você é muito impertinente. Que relação meu marido tem com você? Com uma mulher como você?

SRA. CHEVELEY (*com um riso amargo*). Neste mundo, os semelhantes tendem a se aproximar. É justamente pelo fato de que seu marido é o próprio fraudulento e desonesto que devemos nos associar. Há cisões entre vocês dois. Ele e eu somos mais próximos que amigos. Somos inimigos com um vínculo. O mesmo pecado nos une.

LADY CHILTERN. Como ousa equiparar meu marido a você? Como ousa ameaçá-lo, ou a mim? Saia imediatamente de minha casa. Você não é digna de entrar nela.

(SIR ROBERT CHILTERN *entra. Ouve as últimas palavras da esposa e vê a quem foram dirigidas. Fica mortalmente pálido.*)

SRA. CHEVELEY. Sua casa! Uma casa comprada ao preço da desonra. A casa e também tudo o que há nela foi pago por meio de uma fraude (*ela se vira e vê* SIR ROBERT CHILTERN). Pergunte a ele qual foi a origem de sua fortuna! Faça com que lhe conte como vendeu a um especulador da bolsa um segredo confidencial do gabinete. Descubra a que você deve sua posição.

LADY CHILTERN. Não é verdade! Robert! Não é verdade!

SRA. CHEVELEY (*apontando para* SIR ROBERT CHILTERN *com o dedo em riste*). Olhe para ele! Não poderá negar! Não se atreverá a negar!

SIR ROBERT CHILTERN. Vá embora! Vá imediatamente! Já fez o pior mal que poderia fazer.

SRA. CHEVELEY. O pior que eu poderia fazer? Eu ainda não terminei com você, com vocês dois! Dou-lhes até amanhã ao meio-dia. Se até lá não tiver feito o que ordenei, o mundo todo saberá a origem de Robert Chiltern.

(SIR ROBERT CHILTERN *toca a campainha. Entra* MASON.)

SIR ROBERT CHILTERN. Acompanhe a Sra. Cheveley até a porta.

(A Sra. Cheveley *começa a andar, em seguida faz uma reverência com uma polidez um tanto exagerada para* Lady Chiltern. *Ao passar por* Sir Robert Chiltern, *que está próximo à porta, para por um momento e olha diretamente em seu rosto. Depois sai, seguida pelo criado, que fecha a porta ao passar. Marido e mulher são deixados sozinhos.* Lady Chiltern *mantém-se estática, como se estivesse tendo um pesadelo. Logo, volta-se para o marido. Ela olha para ele com um olhar estranho, como se o estivesse vendo pela primeira vez.*)

LADY CHILTERN. Você vendeu um segredo de gabinete em troca de dinheiro? Você começou sua vida com uma fraude? Você edificou sua carreira sobre a desonra? Ah! Diga-me que não é verdade! Minta para mim! Minta para mim! Diga que não é verdade!

SIR ROBERT CHILTERN. O que esta mulher disse é verdade. Mas ouça-me, Gertrude, você não imagina qual foi a tentação! Deixe-me contar-lhe tudo (*caminha em direção a ela*).

LADY CHILTERN. Não se aproxime. Não me toque. Sinto que estarei maculada para sempre pelo que você fez. Você usou uma máscara por todos esses anos! Uma terrível máscara! Você se vendeu por dinheiro. Um simples ladrão seria melhor. Você se pôs à venda pela maior oferta! Você foi comprado no mercado. Você mente para todos. No entanto, não mentirá para mim.

SIR ROBERT CHILTERN (*correndo para ela*). Gertrude! Gertrude!

LADY CHILTERN (*repelindo-o com os braços esticados*). Não, não fale! Não diga nada! Sua voz desperta memórias horríveis – memórias de coisas que me fizeram amá-lo –, memórias que são agora horríveis para mim. E como eu o venerava! Para mim, você era algo que estava fora da vida comum, uma coisa pura, nobre, honesta, imaculada. O mundo me parecia melhor porque você estava nele, e a bondade me parecia mais real por sua causa. E agora – ah, quando eu penso que elegi como o ideal da minha vida um homem como você!

SIR ROBERT CHILTERN. Este foi o seu erro. Este foi o seu engano. O engano que todas as mulheres cometem. Por que as mulheres não podem nos amar com nossos defeitos? Por que nos colocam em monstruosos pedestais? Todos nós temos pés de barro, tanto as mulheres quanto os homens: mas quando nós, homens, amamos as mulheres, as amamos conhecendo suas fraquezas, suas tolices, suas imperfeições; pode ser até que as amemos mais por essa razão. Não é o perfeito, mas o imperfeito que precisa do amor. É quando somos feridos por nossas próprias mãos ou pelas mãos de outros que o amor deve vir nos curar – se não, para que serve o amor, afinal? O amor deve perdoar todos os pecados, a não ser um pecado contra ele próprio. O amor deve perdoar todas as vidas, a não ser as vidas sem amor. O amor de um homem é assim. É mais amplo, maior, mais humano que o amor de uma mulher. As mulheres pensam que fazem dos homens modelos ideais, mas, na verdade, fazem de nós apenas falsos ídolos. Você fez de mim seu falso ídolo, e eu não tive coragem de descer, mostrar-lhe minhas feridas, contar-lhe minhas fraquezas. Eu tinha medo de perder seu amor, como perdi agora. E, assim, ontem à noite você arruinou minha vida para mim – sim, arruinou! O que essa mulher me pediu não é nada comparado ao que ela me ofereceu. Ela me ofereceu segurança, paz, estabilidade. O pecado de minha juventude, que pensei estar sepultado, reapareceu diante de mim, sórdido, horrível, com as mãos em torno de minha garganta. Eu poderia tê-lo matado para sempre, tê-lo reenviado para sua tumba, destruído a prova de sua existência, eliminado a única testemunha contra mim. Você me impediu. Ninguém mais, a não ser você, sabe disso. E agora, o que me aguarda a não ser a desonra pública, a ruína, a terrível vergonha, o desprezo do mundo, uma vida desonrada e solitária – uma morte desonrada e solitária, um dia, talvez? Que as mulheres não façam mais dos homens modelos ideais! Que não os ponham em altares para venerá-los! Você, que amei tão perdidamente, arruinou-me!

(*Ele vai para o outro cômodo.* LADY CHILTERN *corre atrás dele, mas a porta se fecha quando ela chega. Pálida de angústia, atordoada, desamparada, ela está trêmula como uma folha levada pela água. Suas mãos, estendidas, parecem oscilar no ar como flores ao vento. Em seguida, ela se atira ao chão ao lado de um sofá e cobre seu rosto. Seus soluços são como os de uma criança.*)

TERCEIRO ATO

Cenário

Biblioteca na casa de Lord Goring. Um cômodo ao estilo dos irmãos Adam[6]. À direita está a porta que conduz ao vestíbulo. À esquerda, a porta da saleta de fumar. Uma porta dupla na parte de trás se abre para a sala de visitas. A lareira está acesa. Phipps, o mordomo, está organizando os jornais na escrivaninha. A característica distintiva de Phipps é sua impassibilidade. Admiradores o qualificaram como o Mordomo Ideal. Nem mesmo a esfinge é tão indecifrável. Ele é uma máscara com boas maneiras. Sobre sua vida mental ou emocional nada se sabe. Ele representa o total domínio da forma.

(LORD GORING *aparece em trajes noturnos com uma flor na lapela. Usa um chapéu de seda e uma capa de lã. Com luvas brancas, carrega uma bengala estilo Luís XVI. Exibe em seu trajar todos os requintes da moda. Percebe-se que vive intimamente ligado à vida moderna; a produz, na realidade, e, portanto, a domina. É o primeiro filósofo bem-vestido na história do pensamento.*)

LORD GORING. Trouxe um novo botão de flor para minha lapela, Phipps?

PHIPPS. Sim, senhor.

---

6. Estilo decorativo e arquitetônico que esteve em voga no final do século XVIII, caracterizado pela elegância e pelos elementos neoclássicos. (N. T.)

(*Apanha o chapéu, a bengala e a capa e apresenta uma nova flor em uma bandeja.*)

LORD GORING. É uma coisa muito distinta, Phipps. Atualmente sou a única pessoa com alguma importância em Londres que usa uma flor na lapela.

PHIPPS. Sim, senhor. Já observei isto.

LORD GORING (*removendo a flor antiga*). Veja, Phipps, a moda é aquilo que nós mesmos usamos. O que está fora de moda é aquilo que as outras pessoas usam.

PHIPPS. Sim, senhor.

LORD GORING. Assim como a vulgaridade é simplesmente a conduta dos outros.

PHIPPS. Sim, senhor.

LORD GORING (*dispondo a nova flor na lapela*). E as falsidades são as verdades das outras pessoas.

PHIPPS. Sim, senhor.

LORD GORING. As outras pessoas são horríveis. A única sociedade possível somos nós mesmos.

PHIPPS. Sim, senhor.

LORD GORING. Amar a si mesmo é o início de um romance para toda a vida, Phipps.

PHIPPS. Sim, senhor.

LORD GORING (*olhando-se no espelho*). Creio que não gosto muito dessa flor, Phipps; me faz parecer um pouco velho demais. Faz parecer que estou quase no apogeu de minha vida, não, Phipps?

PHIPPS. Não percebo nenhuma alteração na aparência de sua senhoria.

LORD GORING. Não percebe, Phipps?

PHIPPS. Não, senhor.

UM MARIDO IDEAL

LORD GORING. Pois eu tenho certeza. No futuro, Phipps, quero uma flor mais trivial nas noites de quinta-feira.

PHIPPS. Falarei com a florista, meu senhor. Ela sofreu uma perda na família recentemente, o que talvez explique a falta de trivialidade de que sua senhoria se queixa.

LORD GORING. Isso é extraordinário nas classes mais baixas inglesas: estão sempre perdendo seus parentes.

PHIPPS. Sim, meu senhor. Eles têm extrema sorte no que diz respeito a isso.

LORD GORING (*vira-se e olha para ele.* PHIPPS *permanece impassível.*) Hum! Alguma carta, Phipps?

PHIPPS. Três, meu senhor (*entrega as cartas em uma bandeja*).

LORD GORING (*apanha as cartas*). Quero o cabriolé aqui em vinte minutos.

PHIPPS. Sim, meu senhor (*vai em direção à porta*).

LORD GORING (*segura uma carta num envelope cor-de-rosa*). Aham! Phipps, quando chegou esta carta?

PHIPPS. Foi trazida em mãos logo depois que sua senhoria saiu para o clube.

LORD GORING. O.K. (*sai* PHIPPS). A letra é de Lady Chiltern, no papel de carta com o nome dela. Isso é muito curioso. Pensei que seria Robert quem me escreveria. Pergunto-me o que Lady Chiltern tem a me dizer (*senta-se à escrivaninha, abre a carta e a lê*). "Preciso de você. Confio em você. Irei encontrá-lo. Gertrude" (*baixa a carta com um olhar intrigado. Em seguida, a empunha e relê com atenção*). "Preciso de você. Confio em você. Irei encontrá-lo." Então ela descobriu tudo! Pobrezinha! Pobrezinha! (*apanha o relógio e vê as horas*). Mas que hora para me visitar! Dez horas! Terei de desistir de minha ida à casa dos Berkshire. Entretanto, é sempre bom ser esperado e não aparecer. Não sou esperado no Baile dos Solteiros, então devo comparecer. Bem, farei com que ela apoie o marido. É a única coisa que pode fazer. É a única coisa que uma mulher pode fazer. É o desenvolvimento do senso moral nas mulheres o que torna o casamento uma instituição tão impraticável e desigual. São dez horas. Ela deve chegar logo. Devo avisar a Phipps que não receberei ninguém mais (*caminha em direção à campainha*).

(*Entra* PHIPPS.)

PHIPPS. Lord Caversham.

LORD GORING. Ah! Por que os pais sempre aparecem na hora errada? Suponho que deva ser algum equívoco da natureza (*entra* LORD CAVERSHAM). Encantado em vê-lo, querido pai (*vai em sua direção*).

LORD CAVERSHAM. Tire minha capa.

LORD GORING. Vale a pena, papai?

LORD CAVERSHAM. Mas é claro que vale a pena. Qual é a cadeira mais confortável?

LORD GORING. Esta, papai. É a cadeira na qual eu mesmo me sento quando tenho visitas.

LORD CAVERSHAM. Obrigado. Não há correntes de ar nesta sala, espero?

LORD GORING. Não, papai.

LORD CAVERSHAM (*sentando-se*). Muito bom. Não suporto correntes de ar. Em minha casa não há correntes de ar.

LORD GORING. Bons ventos, papai.

LORD CAVERSHAM. Ahn? Não entendi o que quis dizer. Quero ter uma conversa séria com o senhor.

LORD GORING. A esta hora, meu querido pai?

LORD CAVERSHAM. Bem, são apenas dez horas. Qual é sua objeção? Acredito que seja uma ótima hora!

LORD GORING. Bem, na verdade, papai, não é meu dia de ter conversas sérias. Sinto muito, mas hoje não é meu dia para isso.

LORD CAVERSHAM. O que o senhor quer dizer?

LORD GORING. Durante a temporada, papai, só tenho conversas sérias na primeira terça-feira de cada mês, entre as quatro e as sete horas.

LORD CAVERSHAM. Bem, senhor, finja que é terça-feira, finja que é terça-feira.

LORD GORING. Mas já passa das sete horas, papai, e meu médico disse que não devo ter conversas sérias após as sete. Faz com eu fale enquanto durmo.

LORD CAVERSHAM. Fale enquanto dorme? E o que isso importa? Você não é casado!

LORD GORING. Não, papai, não sou casado.

LORD CAVERSHAM. Hum! Foi exatamente sobre isso que vim falar com o senhor! Você deve se casar, e imediatamente. Quando eu tinha a sua idade já havia passado três meses como um viúvo inconsolável e já estava cortejando sua admirável mãe. Maldição! É seu dever casar-se. Não pode dedicar a vida ao prazer. Hoje em dia, todo homem de posição é casado. Solteiros não estão mais na moda. São considerados bens defeituosos. Sabe-se demais a seu respeito. Você deve arranjar uma esposa! Veja o que seu amigo Robert Chiltern obteve com probidade, trabalho árduo e um casamento sensato com uma boa mulher. Por que não o imita? Por que não o adota como modelo?

LORD GORING. Creio que devo, papai.

LORD CAVERSHAM. Espero que o faça. Assim ficarei contente. No momento, torno a vida de sua mãe um inferno por sua causa. O senhor é insensível, muito insensível.

LORD GORING. Espero que não, papai.

OSCAR WILDE

LORD CAVERSHAM. E o senhor já passou da hora de casar. Já tem 34 anos!

LORD GORING. Sim, papai, mas só admito ter trinta e dois ou trinta e um e meio quando estou com uma flor realmente boa na lapela. Esta flor que uso hoje não é... trivial o bastante.

LORD CAVERSHAM. Pois eu lhe digo que o senhor tem 34 anos. E, além disso, há uma corrente de ar em sua sala, o que torna sua conduta ainda pior. Por que afirmou que não havia correntes de ar? Sinto uma corrente, sinto-a nitidamente.

LORD GORING. Eu também, papai. É uma corrente de ar terrível. Eu o visitarei amanhã, papai. Podemos falar sobre o que quiser. Deixe-me ajudá-lo a vestir sua capa, papai.

LORD CAVERSHAM. Não, senhor. Vim esta noite com um propósito definido; irei até o fim, custe o que custar. Pendure novamente minha capa.

LORD GORING. Está bem, papai. Mas passemos então a outro cômodo (*toca a campainha*). Há uma terrível corrente de ar aqui (*entra* PHIPPS). Phipps, a lareira está acesa na saleta de fumar?

PHIPPS. Sim, senhor.

LORD GORING. Venha, papai. Seus espirros são realmente excruciantes.

LORD CAVERSHAM. Bem, senhor, suponho ter o direito de espirrar quando tenho vontade.

LORD GORING (*desculpando-se*). É claro, papai. Eu estava apenas demonstrando simpatia.

LORD CAVERSHAM. Ah! Maldita simpatia. Há um excesso desse tipo de coisa hoje em dia.

LORD GORING. Concordo plenamente com o senhor, papai. Se houvesse menos simpatia no mundo, haveria menos problemas.

LORD CAVERSHAM (*dirigindo-se à outra sala*). Isto é um paradoxo, senhor. Detesto paradoxos.

LORD GORING. Eu também, papai. Atualmente todos são um paradoxo. É extremamente maçante. Torna a sociedade muito óbvia.

LORD CAVERSHAM (*virando-se e olhando para o filho por debaixo de suas espessas sobrancelhas*). O senhor realmente compreende o que diz?

LORD GORING (*após certa hesitação*). Sim, papai, se eu ouvir com bastante atenção.

LORD CAVERSHAM (*indignado*). Se ouvir com atenção... Rapazinho presunçoso! (*entra resmungando na saleta de fumar. Entra* PHIPPS).

LORD GORING. Phipps, uma senhora virá visitar-me esta noite para tratar de um assunto particular. Quando ela chegar, acomode-a na sala de visitas. Compreendeu?

PHIPPS. Compreendi, senhor.

LORD GORING. É um assunto da maior importância, Phipps.

PHIPPS. Compreendo, senhor.

LORD GORING. Você não deve receber nenhuma outra pessoa, sob nenhuma circunstância.

PHIPPS. Compreendo, senhor.

(*A campainha toca.*)

LORD GORING. Ah! Provavelmente é a senhora que estou aguardando. Eu mesmo a receberei.

(*Quando está se dirigindo para a porta,* LORD CAVERSHAM *aparece, vindo da saleta de fumar.*)

LORD CAVERSHAM. E então? O senhor vai me deixar esperando?

OSCAR WILDE

LORD GORING (*consideravelmente aturdido*). Só um momento, papai. Desculpe-me (LORD CAVERSHAM *retorna à saleta*). Bem, lembre-se de minhas instruções, Phipps: naquela sala.

PHIPPS. Sim, senhor.

(LORD GORING *volta para a saleta de fumar*. HAROLD, *o criado, introduz a* SRA. CHEVELEY. *Ela parece um ente fantástico, com trajes nas cores verde e prata. Usa uma capa de cetim preto, forrada com seda da cor de folhas secas.*)

HAROLD. Que nome devo anunciar, madame?

SRA. CHEVELEY (*dirigindo-se a* PHIPPS, *que vem até ela*). Lord Goring não está em casa? Fui informada de que estava em casa.

PHIPPS. No momento, Lord Goring está atendendo Lord Caversham, madame (*dirige um olhar severo e penetrante para* HAROLD, *que se retira imediatamente*).

SRA. CHEVELEY (*para si mesma*). Quanto respeito filial!

PHIPPS. Sua senhoria instruiu-me a solicitar à senhora, madame, que tenha a gentileza de aguardá-lo na sala de visitas. Sua senhoria a encontrará ali.

SRA. CHEVELEY (*com expressão de surpresa*). Lord Goring me aguarda?

PHIPPS. Sim, madame.

SRA. CHEVELEY. Tem certeza?

PHIPPS. Sua senhoria comunicou-me que se uma senhora chegasse eu deveria pedir-lhe que aguardasse na sala de visitas (*encaminha-se para a porta da sala de visitas e a abre*). As instruções de sua senhoria foram muito precisas a respeito disto.

SRA. CHEVELEY (*para si mesma*). Quão atencioso da parte dele! Esperar o inesperado revela um intelecto perfeitamente moderno (*vai até a sala de visitas e olha para dentro*). Ah! Como são deprimentes as salas de visitas dos solteiros! Preciso resolver isto (PHIPPS *traz a luminária da escrivaninha*). Ah!

Não quero essa lamparina! É forte demais. Acenda-me algumas velas.

PHIPPS (*retira a lamparina*). É claro, madame.

SRA. CHEVELEY. Espero que as velas tenham sombras muito lisonjeiras.

PHIPPS. Por enquanto nunca recebemos reclamações a respeito delas, madame (*entra na sala de visitas e começa a acender as velas*).

SRA. CHEVELEY (*para si mesma*). Pergunto-me quem será a mulher cuja visita ele está esperando esta noite. Será delicioso flagrá-lo. Os homens sempre parecem tão ridículos quando são flagrados (*examina o aposento e aproxima-se da escrivaninha*). Que cômodo interessante! Com um quadro muito interessante! Pergunto-me como seria sua correspondência (*apanha cartas*). Ah, que correspondência mais desinteressante! Contas, cartões de visita, débitos e cartas de senhoras idosas! Mas quem poderia escrever-lhe em papel cor-de-rosa? Que coisa mais tola escrever em papel cor-de-rosa! Parece o início de um romance de classe média. Um romance nunca deve começar com sentimentos. Deve sempre começar com ciência precisa e terminar com um bom arranjo (*põe a carta na mesa, em seguida a apanha novamente*). Conheço essa caligrafia: é de Gertrude Chiltern. Lembro-me perfeitamente – os dez mandamentos palavra por palavra, e a lei moral ocupando a página inteira. Sobre o que lhe escreveria Gertrude? Algo horrível a meu respeito, suponho. Como detesto essa mulher! (*lê a carta*). "Preciso de você. Confio em você. Irei encontrá-lo. Gertrude." – "Preciso de você. Confio em você. Irei encontrá-lo." (*Um olhar de triunfo surge em seu rosto. Ela está prestes a roubar a carta quando* PHIPPS *entra*.)

PHIPPS. As velas estão acesas na sala de visitas, madame, como a senhora solicitou.

SRA. CHEVELEY. Obrigada (*levanta-se precipitadamente e esconde a carta debaixo de um grande bloco de papel mata-borrão com capa prateada que está sobre a mesa*).

PHIPPS. Acredito que a senhora apreciará as sombras, madame. São as mais lisonjeiras que temos. São as mesmas que sua senhoria utiliza quando se veste para jantar.

SRA. CHEVELEY (*com um sorriso*). Então estou certa de que estarão perfeitas.

PHIPPS (*em tom grave*). Obrigado, madame.

(*A Sra. Cheveley entra na sala de visitas. Phipps fecha a porta e retira-se. Em seguida, a porta se abre lentamente, e a Sra. Cheveley sai e se esgueira furtivamente rumo à escrivaninha. De súbito, ouvem-se vozes provenientes da saleta de fumar. A Sra. Cheveley empalidece e para. O som das vozes torna-se mais elevado, e ela volta à sala de visitas, mordendo o lábio.*)

(*Entram Lord Goring e Lord Caversham.*)

LORD GORING (*protestando*). Meu querido pai, se devo me casar, com certeza me concederá o direito de escolher a data, o local e a pessoa! Especialmente a pessoa!

LORD CAVERSHAM (*exasperado*). Quem deve decidir isso sou eu, senhor! Você provavelmente faria uma escolha muito insensata. Sou eu quem deve ser consultado, e não você. Há propriedades em jogo. Não se trata de uma questão afetiva. A afeição surge mais tarde na vida conjugal.

LORD GORING. Sim. Na vida conjugal, a afeição surge quando as pessoas se detestam por completo, não é, papai? (*põe a capa sobre os ombros de Lord Caversham*).

LORD CAVERSHAM. Certamente. Quero dizer, certamente que não. Você só está dizendo tolices esta noite. O que estou dizendo é que o casamento é uma questão de bom senso.

LORD GORING. Mas as mulheres de bom senso são tão insípidas, não são, papai? Claro que digo isso apenas porque foi o que me disseram.

LORD CAVERSHAM. Nenhuma mulher, insípida ou atraente, possui bom senso, senhor. O bom senso é privilégio do nosso sexo.

LORD GORING. Isso é fato. E nós, homens, temos tanto espírito de sacrifício que nunca o utilizamos, não é, papai?

LORD CAVERSHAM. Pois saiba o senhor que eu uso o bom senso o tempo todo! Não uso nada além disso.

LORD GORING. É exatamente o que mamãe me diz.

LORD CAVERSHAM. É o segredo da felicidade de sua mãe. O senhor é muito insensível, muito insensível.

LORD GORING. Espero que não, papai.

(LORD GORING *sai por um momento, acompanhando* LORD CAVERSHAM, *e retorna em seguida, parecendo um tanto aturdido, com* SIR ROBERT CHILTERN.)

SIR ROBERT CHILTERN. Meu caro Arthur, que sorte encontrá-lo à porta! Seu criado estava me dizendo que você não estava em casa. Muito estranho!

LORD GORING. O fato é que estou terrivelmente ocupado esta noite, Robert, e dei ordens para dizerem que eu não estava em casa. Até mesmo meu pai foi recebido de modo relativamente frio. Queixou-se de uma corrente de ar o tempo todo.

SIR ROBERT CHILTERN. Ah! Você tem de me receber, Arthur. É meu melhor amigo. Talvez amanhã seja meu único amigo. Minha esposa descobriu tudo.

LORD GORING. Foi o que eu supus!

SIR ROBERT CHILTERN (*olhando para ele*). É mesmo? Por quê?

LORD GORING (*após certa hesitação*). Apenas pela expressão em seu rosto quando chegou. Quem contou a ela?

SIR ROBERT CHILTERN. A própria Sra. Cheveley. E agora a mulher que amo sabe que comecei minha carreira com um ato vil e desonesto; que edifiquei minha vida sobre a vergonha; que vendi, como um simples comerciante, o segredo que havia sido confiado a mim como um homem de honra. Agradeço aos céus que Lord Radley tenha morrido sem saber que o traí. Eu gostaria de ter morrido antes de ceder a esta horrível tentação e me rebaixar tanto (*afunda o rosto entre as mãos*).

LORD GORING (*após uma pausa*). Ainda não recebeu notícias de Viena em resposta a sua consulta?

SIR ROBERT CHILTERN (*erguendo o rosto*). Sim. Recebi um telegrama do primeiro secretário às oito horas da noite.

LORD GORING. E então?

SIR ROBERT CHILTERN. Não se sabe absolutamente nada a respeito dela. Pelo contrário, goza de uma posição de relevo na sociedade. É uma espécie de segredo de polichinelo o fato de que o barão Arnheim lhe deixou a maior parte de sua imensa fortuna. Não descobri nada além disso.

LORD GORING. Então não se descobriu que ela é uma espiã, afinal de contas?

SIR ROBERT CHILTERN. Ah! Os espiões não servem para nada hoje em dia. Essa profissão chegou ao fim. Os jornais fazem o trabalho no lugar deles.

LORD GORING. E o fazem de modo retumbante.

SIR ROBERT CHILTERN. Arthur, estou morto de sede. Posso pedir algo para beber? Um pouco de vinho branco e soda?

LORD GORING. Mas é claro. Mandarei vir (*toca a campainha*).

SIR ROBERT CHILTERN. Obrigado. Eu não sei o que fazer, Arthur, não sei o que fazer, e você é meu único amigo. Mas que amigo você é: o único em quem posso confiar. Posso confiar totalmente em você, não posso?

(*Entra* PHIPPS.)

LORD GORING. Mas é claro, meu caro Robert. Ah! (*para* PHIPPS). Traga-me vinho branco e soda.

PHIPPS. Sim, senhor.

LORD GORING. Espere, Phipps!

PHIPPS. Sim, senhor?

LORD GORING. Pode me dar licença por um momento, Robert? Quero dar algumas instruções ao meu criado.

SIR ROBERT CHILTERN. É claro.

LORD GORING. Quando a senhora chegar, diga-lhe que não voltarei para casa esta noite. Diga-lhe que recebi um chamado de urgência para fora da cidade. Entendeu?

PHIPPS. A senhora está naquela sala, senhor. O senhor me instruiu a levá-la àquela sala, senhor.

LORD GORING. Você agiu corretamente (*sai* PHIPPS). Em que confusão me meti! Não! Acho que posso resolver isso. Dar-lhe-ei uma lição através da porta. Coisa complicada de se fazer, porém.

SIR ROBERT CHILTERN. Arthur, diga-me o que devo fazer. Minha vida desabou sobre minha cabeça, sou um navio à deriva numa noite sem estrelas.

LORD GORING. Robert, você ama sua esposa, não ama?

SIR ROBERT CHILTERN. Eu a amo mais que qualquer outra coisa neste mundo. Eu costumava considerar a ambição a coisa mais importante. Não é. O amor é a coisa mais importante do mundo. Nada mais importa além do amor, e eu a amo. Mas, aos seus olhos, sou infame, ignóbil. Há um imenso abismo entre nós agora. Ela descobriu quem sou, Arthur, descobriu quem sou.

LORD GORING. Será que ela jamais em sua vida cometeu alguma insensatez – alguma indiscrição –, para que não seja capaz de perdoar seu pecado?

SIR ROBERT CHILTERN. Minha esposa? Nunca! Ela não sabe o que é fraqueza ou tentação. Eu sou feito de barro como os outros homens. Ela pertence a outra esfera, como pertencem as boas mulheres – impiedosa em sua perfeição –, fria, severa e sem compaixão. Mas eu a amo, Arthur. Não temos filhos e não tenho mais ninguém a quem amar, ninguém mais que me ame. Talvez se Deus tivesse nos dado filhos, ela fosse mais bondosa comigo. Mas Deus nos deu uma casa vazia. E ela partiu ao meio meu coração. Não falemos disso. Fui brutal com ela esta noite. Mas suponho que pecadores sejam sempre brutais ao falar com os santos. Eu lhe disse coisas que são horrivelmente verdadeiras, pelo meu lado, da minha perspectiva, da perspectiva masculina. Mas não falemos disso.

LORD GORING. Sua esposa vai perdoá-lo. Talvez o esteja perdoando neste exato momento. Ela o ama, Robert. Por que não deveria perdoar?

SIR ROBERT CHILTERN. Queira Deus! Queira Deus! (*afunda o rosto nas mãos*). Mas tenho algo mais a lhe dizer, Arthur.

(*Entra* PHIPPS *com as bebidas.*)

PHIPPS (*entrega a bebida a* SIR ROBERT CHILTERN). Vinho e soda, senhor.

SIR ROBERT CHILTERN. Obrigado.

LORD GORING. Sua carruagem está aqui, Robert?

SIR ROBERT CHILTERN. Não, vim caminhando desde o clube.

LORD GORING. Sir Robert usará meu cabriolé, Phipps.

PHIPPS. Sim, senhor (*sai*).

LORD GORING. Robert, importa-se que eu o mande embora?

SIR ROBERT CHILTERN. Arthur, tem de me deixar ficar por cinco minutos. Tomei minha decisão sobre o que farei à noite na Câmara. O debate sobre o canal argentino terá início às onze (*uma cadeira cai na sala de visitas*). O que foi isso?

LORD GORING. Nada.

SIR ROBERT CHILTERN. Eu ouvi uma cadeira cair na sala ao lado. Alguém estava nos ouvindo.

LORD GORING. Não, não. Não há ninguém lá.

SIR ROBERT CHILTERN. Há alguém lá. Há luzes na sala, e a porta está entreaberta. Alguém acaba de ouvir todos os segredos de minha vida. Arthur, o que significa isso?

LORD GORING. Robert, você está agitado e nervoso. Eu lhe asseguro que não há ninguém naquela sala. Sente-se, Robert.

SIR ROBERT CHILTERN. Você me dá sua palavra de que não há ninguém naquela sala?

LORD GORING. Sim.

SIR ROBERT CHILTERN. Sua palavra de honra? (*senta-se*).

LORD GORING. Sim.

SIR ROBERT CHILTERN (*levanta-se*). Arthur, deixe-me ver por mim mesmo.

LORD GORING. Não, não.

SIR ROBERT CHILTERN. Se não há ninguém na sala, por que não posso olhar? Arthur, não ficarei satisfeito se não me deixar entrar nessa sala. Deixe-me ter certeza de que nenhum bisbilhoteiro ouviu o segredo de minha vida. Arthur, você não sabe pelo que estou passando.

LORD GORING. Robert, isso tem de parar. Eu lhe disse que não há ninguém na sala; isso basta.

SIR ROBERT CHILTERN (*corre até a porta da sala*). Não basta. Eu insisto em entrar na sala. Você afirmou que não há ninguém ali, então que razão poderia ter para recusar minha entrada?

LORD GORING. Pelo amor de Deus, não faça isso! Há alguém ali. Alguém que você não deve ver.

SIR ROBERT CHILTERN. Foi o que pensei!

LORD GORING. Eu o proíbo de entrar.

SIR ROBERT CHILTERN. Afaste-se. Minha vida está em jogo. E não me importa quem está aí. Saberei a quem contei meu segredo e minha vergonha (*entra na sala*).

LORD GORING. Santo Deus! Sua própria esposa!

(SIR ROBERT CHILTERN *retorna, com uma expressão de desprezo e raiva em seu rosto.*)

SIR ROBERT CHILTERN. Que explicação me dá para a presença dessa mulher aqui?

LORD GORING. Robert, dou minha palavra de honra de que essa senhora é isenta de qualquer mácula e inocente de qualquer ofensa contra você.

SIR ROBERT CHILTERN. Ela é uma coisa vil e infame!

LORD GORING. Não diga isso, Robert! Ela veio até aqui por você. Foi para tentar salvá-lo que ela veio até aqui. Ela o ama, e a mais ninguém.

SIR ROBERT CHILTERN. Você está louco. Que relação tenho com as intrigas entre vocês dois? Que continue sendo sua amante! Vocês dois são perfeitos um para o outro. Ela, corrupta e sórdida; você, um falso amigo, traiçoeiro demais até para um inimigo.

LORD GORING. Não é verdade, Robert. Por tudo o que há de sagrado, não é verdade. Explicarei tudo na presença de vocês dois.

SIR ROBERT CHILTERN. Deixe-me passar, senhor. Já mentiu o bastante sobre sua palavra de honra.

(Sir Robert Chiltern *sai*. Lord Goring *corre até a porta da sala de visitas, no momento em que a* Sra. Cheveley *sai, parecendo radiante e muito satisfeita*.)

SRA. CHEVELEY (*com uma reverência debochada*). Boa noite, Lord Goring.

LORD GORING. Sra. Cheveley! Santo Deus!... Posso perguntar o que estava fazendo em minha sala de visitas?

SRA. CHEVELEY. Eu estava apenas escutando. Tenho uma grande paixão por escutar atrás das portas. Sempre ouvimos coisas maravilhosas assim!

LORD GORING. Não acha que parece uma provocação à Providência?

SRA. CHEVELEY. Ora! A essa altura a Providência já é capaz de resistir às tentações (*faz um sinal para que ele retire sua capa, ao qual ele obedece*).

LORD GORING. Fico feliz que tenha vindo. Vou dar-lhe alguns conselhos.

SRA. CHEVELEY. Ah! Rogo que não o faça. Não se deve dar a uma mulher nada que ela não possa usar à noite.

LORD GORING. Vejo que continua tão obstinada quanto antes.

SRA. CHEVELEY. Muito mais! Eu melhorei muito! Adquiri mais experiência.

LORD GORING. O excesso de experiência é uma coisa perigosa. Peço que aceite um cigarro. Metade das belas mulheres em Londres fuma cigarros. Eu, pessoalmente, prefiro a outra metade.

SRA. CHEVELEY. Não, obrigada; eu não fumo. Minha modista não aprovaria, e o dever prioritário de uma mulher deve ser o respeito à sua modista, não é mesmo? Ainda não se descobriu qual seria o segundo dever.

OSCAR WILDE

LORD GORING. Veio até aqui para me vender a carta de Robert Chiltern, não é?

SRA. CHEVELEY. Para oferecê-la sob determinadas condições. Como adivinhou?

LORD GORING. Pelo fato de não ter mencionado o assunto. Você a trouxe consigo?

SRA. CHEVELEY (*sentando-se*). Ah, não. Um vestido benfeito não possui bolsos.

LORD GORING. Qual é o seu preço?

SRA. CHEVELEY. Ah! Você é absurdamente inglês! Os ingleses pensam que um talão de cheques pode resolver todos os problemas da vida. Ora, meu caro Arthur, tenho muito mais dinheiro que você, e tanto quanto Robert Chiltern obteve. Não é dinheiro o que desejo.

LORD GORING. O que deseja então, Sra. Cheveley?

SRA. CHEVELEY. Por que não me chama de Laura?

LORD GORING. Não gosto do nome.

SRA. CHEVELEY. Você costumava adorá-lo.

LORD GORING. Sim, é precisamente essa a razão.

(*A* SRA. CHEVELEY *gesticula para que ele se sente ao seu lado. Ele sorri e se senta.*)

SRA. CHEVELEY. Arthur, você já me amou um dia.

LORD GORING. Sim.

SRA. CHEVELEY. E pediu que eu me tornasse sua esposa.

LORD GORING. Era o resultado natural do fato de amá-la.

SRA. CHEVELEY. E me rejeitou porque viu, ou disse que viu, o pobre e velho Lord Mortlake tentando um flerte violento comigo no jardim de inverno em Tenby.

LORD GORING. Tenho a impressão de que meu advogado resolveu esta questão com você sob certas condições... determinadas por você mesma.

SRA. CHEVELEY. Na época, eu era pobre e você, rico.

LORD GORING. É verdade. Foi precisamente por isso que fingiu que me amava.

SRA. CHEVELEY (*encolhendo os ombros*). Pobre Lord Mortlake, que tinha apenas dois temas de conversa: sua gota e sua esposa! Eu nunca conseguia saber de qual dos dois assuntos ele estava falando. Usava as mais terríveis expressões a respeito de ambos. Bem, você é tolo, Arthur, pois Lord Mortlake nunca foi para mim nada além de uma distração. Uma daquelas distrações absolutamente tediosas que se pode encontrar em uma casa de campo inglesa num domingo. Não creio que ninguém possa ser moralmente responsabilizado pelo que faz numa casa de campo inglesa.

LORD GORING. Sim. Sei que muitos pensam assim.

SRA. CHEVELEY. Eu amava você, Arthur.

LORD GORING. Minha cara Sra. Cheveley, você sempre foi esperta demais para saber qualquer coisa sobre amor.

SRA. CHEVELEY. Eu amava você. E você me amava. Sabe que me amava; e o amor é uma coisa maravilhosa. Suponho que quando um homem já amou uma mulher, fará qualquer coisa por ela, exceto continuar a amá-la? (*põe sua mão sobre a dele*).

LORD GORING (*retirando sua mão calmamente*). Sim, exceto isso.

SRA. CHEVELEY (*após uma pausa*). Estou cansada de viver no exterior. Quero voltar para Londres. Quero ter uma bela casa aqui. Quero ter um salão. Se alguém pudesse ensinar aos ingleses como falar e aos irlandeses como ouvir, a sociedade aqui seria bastante civilizada. Além disso, cheguei à fase romântica. Quando o vi ontem à noite a casa dos Chiltern, soube que, se algum dia já amei alguém, Arthur, esse alguém foi você, a única pessoa que eu já havia amado. Então, na manhã do dia em que se casar comigo, Arthur, lhe darei a carta de Robert Chiltern. Esta é minha oferta. Entregarei a carta a você se prometer casar-se comigo.

LORD GORING. Agora?

SRA. CHEVELEY (*sorrindo*). Amanhã.

LORD GORING. Está falando sério?

SRA. CHEVELEY. Sim, muito sério.

LORD GORING. Serei um marido muito ruim para você.

SRA. CHEVELEY. Não me incomodo com maus maridos. Já tive dois. Divertiram-me imensamente.

LORD GORING. Na verdade, quer dizer que você se divertiu imensamente, não é?

SRA. CHEVELEY. O que sabe sobre minha vida de casada?

LORD GORING. Nada, mas posso lê-la como num livro.

SRA. CHEVELEY. Que livro?

LORD GORING. O Livro dos Números.

SRA. CHEVELEY. Você considera educado ser tão rude com uma mulher em sua própria casa?

LORD GORING. No caso das mulheres muito fascinantes, o sexo é usado como provocação, portanto, não pode ser usado como defesa.

SRA. CHEVELEY. Suponho que devo entender isso como um elogio. Meu caro Arthur, as mulheres nunca são desarmadas por elogios. Os homens sempre são. Esta é a diferença entre os sexos.

LORD GORING. As mulheres nunca são desarmadas por nada, até onde sei.

SRA. CHEVELEY (*após uma pausa*). Então permitirá que seu melhor amigo, Robert Chiltern, seja arruinado, em vez de casar-se com alguém que efetivamente possui consideráveis atrativos. Pensei que você adotaria uma atitude de elevado autossacrifício, Arthur. Creio que deveria. E, depois, poderia passar o resto da vida contemplando sua própria perfeição.

LORD GORING. Ah! Eu já faço isso. E o autossacrifício é algo que deveria ser banido por lei. É tão desmoralizante para aqueles por quem se faz o sacrifício! Sempre causa um efeito degradante sobre eles.

SRA. CHEVELEY. Como se algo pudesse desmoralizar Robert Chiltern! Você parece ter se esquecido de que conheço seu verdadeiro caráter.

LORD GORING. O que sabe sobre ele não é seu verdadeiro caráter. Foi um ato de insensatez cometido em sua juventude; desonroso, admito; vergonhoso, admito; indigno dele, admito; e, por conseguinte, não representa seu verdadeiro caráter.

SRA. CHEVELEY. Como vocês, homens, se defendem mutuamente!

LORD GORING. Como vocês, mulheres, se atacam mutuamente!

SRA. CHEVELEY (*em tom amargo*). Eu ataco apenas uma mulher: Gertrude Chiltern. Eu a odeio. Agora eu a odeio mais do que nunca.

LORD GORING. Porque ocasionou uma verdadeira tragédia em sua vida, suponho?

SRA. CHEVELEY (*com um riso de escárnio*). Ora! Somente há uma tragédia na vida de uma mulher – o fato de que seu passado é sempre seu amante e seu futuro é sempre seu marido.

LORD GORING. Lady Chiltern não tem nenhum conhecimento próprio acerca do estilo de vida ao qual está aludindo.

SRA. CHEVELEY. Uma mulher que usa o maior tamanho de luvas que existe nunca sabe muito sobre nada. Você sabia que Gertrude sempre usou o maior tamanho de luvas? Esta é uma das razões pelas quais nunca houve a menor afinidade moral entre nós... Bem, Arthur, suponho que possamos considerar como encerrada esta nossa conversa romântica. Admite que foi romântica, não é? Pelo privilégio de ser sua esposa, eu estava disposta a conceder um grande prêmio, o clímax de minha carreira diplomática. Você recusou. Muito bem. Se Sir Robert não apoiar meu esquema argentino, vou expô-lo. *Voilà tout*.

LORD GORING. Você não pode fazer isso. Seria vil, horrível, infame.

SRA. CHEVELEY (*encolhendo os ombros*). Ah! Não use palavras dramáticas. São tão vazias, na verdade! Trata-se de uma relação comercial. Isto é tudo. Não há vantagem em inserir sentimentalismo nisso. Ofereci vender uma determinada coisa a Robert Chiltern. Se ele não pagar o meu preço, terá de pagar ao mundo um preço muito mais alto. Não há nada mais a ser dito. Devo ir-me. Adeus. Apertará minha mão?

LORD GORING. Sua mão? Não. Posso consentir que sua transação com Robert Chiltern seja uma transação comercial repugnante em uma época repulsivamente comercial, mas você parece ter se esquecido de que veio aqui para falar de amor; você, cujos lábios profanaram a palavra "amor"; você, para quem este assunto é um livro completamente fechado, foi esta tarde à casa de uma das mulheres mais nobres e gentis do mundo para aviltar o marido aos seus olhos, para provocá-la e matar o amor que sentia por ele, para envenenar seu coração e lançá-la na amargura, para destruir seu ídolo, e, talvez, arruinar sua alma. Isso eu não posso perdoar. Foi horrível. Para isso não há perdão.

SRA. CHEVELEY. Arthur, você está sendo injusto comigo. Acredite, está sendo muito injusto. Não fui até lá para atormentar Gertrude. Não pretendia fazer nada desse tipo quando fui para lá. Acompanhei Lady Markby simplesmente para perguntar se haviam encontrado na casa uma joia que perdi em algum lugar ontem à noite. Se não acredita, pergunte a Lady Markby. Ela lhe dirá que é verdade. A cena a que se refere ocorreu depois que Lady Markby se retirou, e fui realmente forçada a fazer o que fiz pela atitude hostil e escarnecedora de Gertrude. Fui até a casa – um pouco por malícia, posso admitir –, mas fui realmente para indagar se meu broche de diamantes havia sido encontrado. Esta foi a origem de todo o ocorrido.

LORD GORING. Um broche de diamantes em forma de serpente com um rubi?

SRA. CHEVELEY. Sim. Como sabe?

LORD GORING. Porque foi encontrado. Com efeito, eu mesmo o encontrei, e estupidamente esqueci de informar ao mordomo ao ir embora (*vai até a escrivaninha e abre as gavetas*). Está nesta gaveta. Não, nesta. É este o broche, não é? (*mostra o broche*).

SRA. CHEVELEY. Sim. Fico aliviada em tê-lo de volta. Foi... um presente.

LORD GORING. Não vai usá-lo?

SRA. CHEVELEY. Certamente, se tiver a gentileza de colocá-lo para mim (LORD GORING, *inesperadamente, afivela o objeto em torno do braço da* SRA. CHEVELEY). Por que o colocou como um bracelete? Eu nunca soube que podia ser usado como um bracelete.

LORD GORING. É mesmo?

SRA. CHEVELEY (*mantendo esticado seu belo braço*). Não, mas me cai muito bem como bracelete, não é verdade?

LORD GORING. Sim, muito melhor do que quando o vi pela última vez.

SRA. CHEVELEY. Quando o viu pela última vez?

LORD GORING (*calmamente*). Há dez anos, sendo usado por Lady Berkshire, de quem você o roubou.

SRA. CHEVELEY (*sobressaltada*). O que quer dizer?

LORD GORING. Quero dizer que você roubou a joia de minha prima, Mary Berkshire, a quem presenteei por ocasião de seu casamento. As suspeitas recaíram sobre uma infeliz criada, que foi demitida com desonra. Eu o reconheci ontem à noite. Decidi-me a não dizer nada sobre isto até descobrir o ladrão. Agora o encontrei, e ouvi sua confissão.

SRA. CHEVELEY (*gesticulando com a cabeça*). Não é verdade.

LORD GORING. Você sabe que é verdade. A palavra "ladra" está estampada em seu rosto neste momento.

SRA. CHEVELEY. Negarei tudo do início ao fim. Direi que nunca vi essa maldita coisa, que nunca esteve comigo.

> (A SRA. CHEVELEY *tenta retirar o bracelete do braço, mas não consegue.* LORD GORING *observa satisfeito. Seus finos dedos puxam a joia em vão. A* SRA. CHEVELEY *pragueja.*)

LORD GORING. A desvantagem de roubar algo, Sra. Cheveley, é que nunca se sabe quão maravilhoso pode ser aquilo que se rouba. Não é possível remover o bracelete a menos que se saiba onde está localizado o fecho. E vejo que você não sabe onde ele está. É bem difícil de encontrar.

SRA. CHEVELEY. Bruto! Covarde! (*ela tenta novamente se desvencilhar do bracelete, mas não consegue*).

LORD GORING. Ora! Não use palavras dramáticas. Elas são tão vazias.

SRA. CHEVELEY (*tenta mais uma vez arrancar o bracelete, em um ataque de cólera, emitindo sons inarticulados. Depois, para e olha para* LORD GORING). O que vai fazer?

LORD GORING. Vou chamar meu criado. Ele é um criado admirável. Sempre vem imediatamente quando chamado. Quando chegar, mandarei que traga a polícia.

SRA. CHEVELEY (*trêmula*). A polícia? Para quê?

LORD GORING. Amanhã os Berkshires prestarão queixa contra você por furto. É para isso que serve a polícia.

SRA. CHEVELEY (*ela está agora numa agonia de terror físico. Seu rosto está desfigurado. Sua boca está repuxada. A máscara que usava caiu. Nesse momento, ela está horrível de se ver*). Não faça isso. Eu farei o que você quiser. Tudo o que quiser!

LORD GORING. Entregue-me a carta de Robert Chiltern.

SRA. CHEVELEY. Pare! Pare! Dê-me tempo para pensar.

LORD GORING. Dê-me a carta de Robert Chiltern.

SRA. CHEVELEY. Eu não a trouxe. Entregarei a você amanhã.

LORD GORING. Sei que está mentindo. Entregue-me imediatamente (*a* SRA. CHEVELEY *saca a carta e lhe entrega. Está terrivelmente pálida*). É esta a carta?

SRA. CHEVELEY (*com a voz rouca*). Sim.

LORD GORING (*apanha a carta e a examina. Depois, solta um suspiro e queima a carta sobre a lamparina*). Para uma mulher tão bem-vestida, Sra. Cheveley, você tem momentos de admirável bom senso. Dou-lhe meus parabéns!

SRA. CHEVELEY (*vê a carta de* LADY CHILTERN, *cuja ponta está aparecendo sob a pasta de papéis*). Por favor, dê-me um copo com água.

LORD GORING. Claro.

(*Vai até o canto da sala e enche um copo com água. Enquanto ele está de costas, a* SRA. CHEVELEY *apanha a carta de* LADY CHILTERN. *Quando* LORD GORING *retorna, ela recusa o copo com um gesto.*)

SRA. CHEVELEY. Não, obrigada. Pode me ajudar a vestir a capa?

LORD GORING. Com prazer (*coloca a capa sobre os ombros dela*).

SRA. CHEVELEY. Obrigada. Não tentarei prejudicar Robert Chiltern novamente.

LORD GORING. Felizmente, Sra. Cheveley, não terá essa oportunidade.

SRA. CHEVELEY. Bem, mesmo que eu tivesse, não faria isso. Pelo contrário, vou prestar-lhe um grande serviço.

LORD GORING. Fico encantado em ouvir isso. Está se regenerando.

SRA. CHEVELEY. Sim. Não suporto a ideia de que um *gentleman* inglês tão honesto e honrado seja tão vergonhosamente enganado, então...

LORD GORING. Então?

SRA. CHEVELEY. Descobri que de algum modo a confissão e as palavras finais de Gertrude Chiltern vieram parar em meu bolso.

LORD GORING. O que quer dizer?

SRA. CHEVELEY (*com um tom cáustico de triunfo na voz*). Quero dizer que vou remeter a Robert Chiltern a carta de amor que sua esposa enviou a você esta noite.

LORD GORING. Carta de amor?

SRA. CHEVELEY (*rindo*). "Preciso de você. Confio em você. Irei encontrá-lo. Gertrude."

(LORD GORING *corre até a escrivaninha e apanha o envelope, que está vazio, e então volta.*)

LORD GORING. Desgraçada! Tem sempre de roubar algo? Devolva-me a carta. Tomarei de você à força. Você não sairá desta sala até me entregar (*ele corre na direção dela, mas a* SRA. CHEVELEY *imediatamente põe a mão sobre a campainha elétrica na mesa. A campainha toca com reverberações estridentes e* PHIPPS *entra*).

SRA. CHEVELEY. Lord Goring chamou-o apenas para acompanhar-me até a saída. Boa noite, Lord Goring!

UM MARIDO IDEAL

(*Ela sai acompanhada por* PHIPPS. *Seu rosto está iluminado pelo triunfo maligno. Seus olhos estão cheios de júbilo. A juventude parece ter retornado ao seu semblante. Seu último olhar é como um dardo afiado.* LORD GORING *morde o lábio e acende um cigarro.*)

QUARTO ATO

Cenário

O mesmo do Terceiro Ato.

(LORD GORING *está diante da lareira com as mãos nos bolsos. Parece aborrecido.*)

LORD GORING (*apanha o relógio, confere as horas e toca a campainha*). É uma grande chateação. Não há ninguém nesta casa com quem eu possa falar. E eu estou repleto de informações interessantes. Sinto-me como a última edição de um jornal ou algo assim.

(*Entra um criado.*)

JAMES. Sir Robert ainda está no Ministério de Relações Exteriores, senhor.

LORD GORING. Lady Chiltern ainda não desceu?

JAMES. Sua senhoria ainda não deixou seus aposentos. A Srta. Chiltern acaba de retornar de seu passeio a cavalo.

LORD GORING (*para si mesmo*). Ah! Já é alguma coisa.

JAMES. Lord Caversham está já há algum tempo aguardando por Sir Robert na biblioteca. Eu disse a ele que o senhor está aqui.

LORD GORING. Obrigado. Poderia dizer-lhe que fui embora?

JAMES (*curvando-se*). Farei isso, senhor (*sai* JAMES).

LORD GORING. Francamente! Não quero me encontrar com meu pai por três dias consecutivos. É emoção demais para qualquer filho. Espero que ele não apareça. Os pais não devem ser vistos nem ouvidos. Esta é a única base apropriada para a vida familiar. Já as mães são diferentes. As mães são afetuosas (*deixa-se cair em uma cadeira, apanha um jornal e começa a ler*).

(*Entra* LORD CAVERSHAM.)

LORD CAVERSHAM. Olá, o que o senhor está fazendo aqui? Suponho que esteja apenas desperdiçando o seu tempo, como sempre?

LORD GORING (*larga o jornal e se levanta*). Meu querido pai, quando fazemos uma visita, temos o propósito de desperdiçar o tempo de outra pessoa, não o nosso próprio.

LORD CAVERSHAM. Refletiu sobre o que lhe falei ontem à noite?

LORD GORING. Não pensei em nada além disso.

LORD CAVERSHAM. Já está noivo de alguém?

LORD GORING (*alegremente*). Ainda não, mas espero estar antes mesmo da hora do almoço.

LORD CAVERSHAM (*causticamente*). Posso conceder-lhe o prazo até a hora do jantar, se lhe for conveniente.

LORD GORING. Muitíssimo obrigado, mas creio que prefiro ficar noivo antes do almoço.

LORD CAVERSHAM. Hum! Eu nunca sei se você está falando sério ou não.

LORD GORING. Nem eu, papai.

(*Pausa.*)

LORD CAVERSHAM. Suponho que tenha lido o *Times* esta manhã?

LORD GORING. O *Times*? É claro que não. Leio apenas o *The Morning Post*. Tudo o que é preciso saber sobre a vida moderna é onde estão as duquesas; todo o resto é totalmente deprimente.

LORD CAVERSHAM. Quer dizer que não leu o artigo do *Times* sobre a carreira de Robert Chiltern?

LORD GORING. Céus! Não! O que ele diz?

LORD CAVERSHAM. O que o senhor pensa que poderia dizer? Tudo elogioso, é claro. O discurso de Chiltern ontem à noite sobre esse projeto do canal argentino foi uma das melhores peças de oratória já proferidas na Câmara desde Canning.

LORD GORING. Ah! Nunca ouvi falar de Canning. Nem queria ter ouvido. E Robert... apoiou o projeto?

LORD CAVERSHAM. Apoiou? Quão pouco o senhor o conhece! Ora, ele o denunciou abertamente, e todo o sistema político-financeiro moderno. Esse discurso foi um marco em sua carreira, como destacou o *Times*. O senhor deveria ler o artigo! (*abre o* Times): *Sir Robert Chiltern (...) o mais promissor de nossos jovens estadistas (...) orador brilhante (...) carreira impoluta (...) reconhecida integridade de caráter (...) representa o que há de melhor na vida pública inglesa (...) nobre contraste com a lassidão moral que é tão comum nos políticos da esfera das relações exteriores.* Nunca diriam isto do senhor!

LORD GORING. Sinceramente, espero que não, papai. Contudo, estou muito feliz com o que acaba de me dizer a respeito de Robert, realmente muito feliz. Mostra que ele teve coragem.

LORD CAVERSHAM. Ele teve mais que coragem; foi um gênio.

LORD GORING. Prefiro dizer coragem. Atualmente, é mais incomum que gênio.

UM MARIDO IDEAL

LORD CAVERSHAM. Eu gostaria que você ingressasse no Parlamento.

LORD GORING. Querido pai, somente as pessoas que parecem enfadonhas ingressam na Câmara dos Comuns, e somente as pessoas que são enfadonhas têm êxito lá.

LORD CAVERSHAM. Por que não tenta fazer algo de útil na vida?

LORD GORING. Sou jovem demais.

LORD CAVERSHAM (*irritado*). Detesto essa afetação de juventude. Está muito disseminada hoje em dia.

LORD GORING. A juventude não é uma afetação, é uma arte.

LORD CAVERSHAM. Por que não pede em casamento a bela Srta. Chiltern?

LORD GORING. Tenho um temperamento muito nervoso, especialmente pela manhã.

LORD CAVERSHAM. Suponho que não exista a menor chance de que ela o aceite.

LORD GORING. Não sei como estão as apostas hoje.

LORD CAVERSHAM. Se ela o aceitasse, seria a mais bela tola da Inglaterra.

LORD GORING. Eu gostaria de me casar com alguém exatamente assim. Uma esposa totalmente sensata me reduziria a uma condição de absoluta estupidificação em menos de seis meses.

LORD CAVERSHAM. O senhor não a merece!

LORD GORING. Meu querido pai, se os homens se casassem com as mulheres que merecem, estariam muito mal arranjados.

(*Entra* MABEL CHILTERN.)

MABEL CHILTERN. Ah! Como tem passado, Lord Caversham? Espero que esteja tudo bem com Lady Caversham!

LORD CAVERSHAM. Lady Caversham está como sempre, como sempre.

LORD GORING. Bom dia, Srta. Mabel!

MABEL CHILTERN (*ignorando* LORD GORING *e dirigindo-se exclusivamente a* LORD CAVERSHAM.). E os chapéus de Lady Caversham... melhoraram?

LORD CAVERSHAM. Lamento dizer que tiveram uma recaída.

LORD GORING. Bom dia, Srta. Mabel!

MABEL CHILTERN (*para* LORD CAVERSHAM). Espero que não seja necessária uma cirurgia.

LORD CAVERSHAM (*rindo dos gracejos da moça*). Se for necessário, teremos de administrar um narcótico em Lady Caversham. Caso contrário, ela jamais permitirá que se toque em uma pena sequer.

LORD GORING (*agora com mais ênfase*). Bom dia, Srta. Mabel!

MABEL CHILTERN (*vira-se fingindo surpresa*). Ah! Você está aqui? Evidentemente compreende que já que não compareceu ao compromisso que tinha comigo, nunca mais falarei com o senhor.

LORD GORING. Ah! Por favor, não diga uma coisa dessas! Você é a única pessoa em Londres que eu realmente gosto que me ouça.

MABEL CHILTERN. Lord Goring, nunca acredito em uma única palavra que dizemos um ao outro.

LORD CAVERSHAM. Você tem razão, minha cara, tem razão... no que diz respeito a ele, quero dizer.

MABEL CHILTERN. O senhor julga que conseguiria fazer com que seu filho se comportasse um pouco melhor ocasionalmente? Apenas para variar um pouco.

LORD CAVERSHAM. Srta. Chiltern, lamento dizer-lhe que não tenho nenhuma influência sobre meu filho. Quem dera! Se eu tivesse, sei muito bem o que o mandaria fazer.

MABEL CHILTERN. Receio que ele possua uma dessas naturezas terrivelmente fracas que não são suscetíveis à influência.

LORD CAVERSHAM. Ele é muito insensível, muito insensível.

LORD GORING. Parece-me que estou sendo um intruso nessa conversa.

MABEL CHILTERN. É muito bom que seja um intruso e saiba o que as pessoas dizem pelas suas costas.

LORD GORING. De maneira nenhuma, quero saber o que as pessoas dizem pelas minhas costas. Isto faz com que me torne muito vaidoso.

LORD CAVERSHAM. Depois de ouvir isto, minha cara, devo desejar-lhe um bom-dia e me retirar.

MABEL CHILTERN. Ah! Espero que não me deixe sozinha com Lord Goring! Especialmente a esta hora da manhã!

LORD CAVERSHAM. Receio não poder trazê-lo comigo à rua Downing. Hoje não está na agenda do Primeiro Ministro conceder audiência aos desocupados (*cumprimenta* MABEL CHILTERN *com um aperto de mãos, apanha o chapéu e a bengala e sai, lançando um derradeiro olhar de censura a* LORD GORING).

MABEL CHILTERN (*pega algumas rosas e começa a arranjá-las em um jarro que está sobre a mesa*). As pessoas que não comparecem aos compromissos no parque são abomináveis.

LORD GORING. Detestáveis.

MABEL CHILTERN. Fico contente que admita. Mas gostaria que não parecesse tão satisfeito a respeito.

LORD GORING. Não posso evitar. Sempre pareço satisfeito quando estou com você.

MABEL CHILTERN (*com voz triste*). Então, suponho que seja meu dever continuar com você?

LORD GORING. Claro que sim.

MABEL CHILTERN. Bem, eu nunca cumpro com o meu dever, por princípio; sempre me deprime. Portanto, receio que deva me retirar.

LORD GORING. Não vá, por favor, Srta. Mabel. Tenho algo muito particular a lhe dizer.

MABEL CHILTERN (*entusiasmada*). Ah! É uma proposta de casamento?

LORD GORING (*um pouco desconcertado*). Bem... sim, é. Sou forçado a dizer que sim.

MABEL CHILTERN (*com um suspiro de prazer*). Fico muito feliz. Será a segunda de hoje.

LORD GORING (*indignado*). A segunda de hoje? Que imbecil insolente teve a audácia de fazer-lhe uma proposta antes de mim?

MABEL CHILTERN. Tommy Trafford, é claro. Hoje é um dos dias habituais de Tommy. Durante a temporada, ele sempre faz propostas às terças e quintas-feiras.

LORD GORING. Você não aceitou a proposta dele, espero?

MABEL CHILTERN. Eu adoto a regra de nunca aceitar as propostas de Tommy. É por esse motivo que ele continua a fazê-las. É claro que, quando você não apareceu esta manhã, eu quase disse "sim". Teria sido uma boa lição para você e para ele se eu tivesse feito isso. Teria ensinado boas maneiras a ambos.

LORD GORING. Ora! Não se incomode com Tommy Trafford. Tommy é um boboca estúpido. Eu a amo.

MABEL CHILTERN. Eu sei. E acho que você poderia ter mencionado isso antes. Tenho certeza de que lhe dei inúmeras oportunidades para fazê-lo.

LORD GORING. Mabel, fale sério, por favor.

MABEL CHILTERN. Ah! Isso é o tipo de coisa que um homem sempre diz a uma moça antes de se casar com ela. Mas nunca diz isso depois de se casar.

UM MARIDO IDEAL

LORD GORING (*pegando a mão de* MABEL). Mabel, eu lhe disse que a amo. Será que não pode me amar um pouco em retribuição?

MABEL CHILTERN. Como você é tolo! Se soubesse alguma coisa sobre... sobre qualquer coisa – e você não sabe –, saberia que eu o adoro. Todos em Londres sabem disso, exceto você. O modo como o adoro é um escândalo público. Passei os últimos seis meses dizendo a toda a sociedade que o adoro. Surpreende-me que fale comigo; afinal, não tenho nenhum caráter. Ao menos, sinto-me tão feliz que tenho certeza de que não tenho nenhum caráter.

LORD GORING (*ele a abraça e a beija. Em seguida, há uma pausa de júbilo*). Minha querida! Eu estava com um medo terrível de que você recusasse!

MABEL CHILTERN (*olhando para ele*). Mas você nunca foi rejeitado por ninguém, foi, Arthur? Não consigo imaginar que alguém o rejeite.

LORD GORING (*depois de beijá-la novamente*). É claro que não sou bom o bastante para você, Mabel.

MABEL CHILTERN (*aconchegando-se em seu peito*). Que bom, querido. Tinha receio de que fosse.

LORD GORING (*após certa hesitação*). Eu... eu tenho um pouco mais de 30 anos.

MABEL CHILTERN. Querido, você parece várias semanas mais jovem que isso.

LORD GORING (*entusiasticamente*). Que gentil de sua parte!... É justo dizer-lhe também que sou terrivelmente extravagante.

MABEL CHILTERN. Mas eu também sou, Arthur. Então com certeza nos daremos bem. Agora devo ir falar com Gertrude.

LORD GORING. Precisa mesmo ir? (*beija-a*).

MABEL CHILTERN. Sim.

LORD GORING. Então, diga-lhe que desejo falar-lhe em particular. Estive esperando a manhã toda para falar com ela ou com Robert.

MABEL CHILTERN. Quer dizer que não veio aqui expressamente para me propor casamento?

LORD GORING (*triunfante*). Não! Isso foi um lampejo genial.

MABEL CHILTERN. O primeiro que já teve.

LORD GORING (*com determinação*). O último.

MABEL CHILTERN. Fico feliz em saber disso. Agora não saia daqui. Estarei de volta em cinco minutos. E não vá cair em tentação enquanto eu estiver fora.

LORD GORING. Querida Mabel, quando você está longe, não há tentações. Isto me torna terrivelmente dependente de você.

(*Entra* LADY CHILTERN.)

LADY CHILTERN. Bom dia, minha cara! Como está bonita!

MABEL CHILTERN. Como você está pálida, Gertrude! Isto lhe cai muito bem!

LADY CHILTERN. Bom dia, Lord Goring!

LORD GORING (*curvando-se*). Bom dia, Lady Chiltern!

MABEL CHILTERN (*à parte para* LORD GORING.). Estarei no jardim de inverno, sob a segunda palmeira à esquerda.

LORD GORING. Segunda à esquerda?

MABEL CHILTERN (*simulando surpresa*). Sim, a palmeira usual (*manda-lhe um beijo, sem que* LADY CHILTERN *possa ver, e se retira*).

LORD GORING. Lady Chiltern, tenho algumas notícias muito boas para lhe dar. A Sra. Cheveley me entregou a carta de Robert ontem à noite e eu a queimei. Robert está salvo.

LADY CHILTERN. Salvo! Ah! Que alívio em ouvir isso! Você é um excelente amigo para ele – para nós!

LORD GORING. Agora há apenas uma pessoa que pode estar em perigo.

LADY CHILTERN. Quem?

LORD GORING (*sentando-se ao lado dela*). Você mesma.

LADY CHILTERN. Eu? Em perigo? O que quer dizer?

LORD GORING. "Perigo" é uma palavra muito forte. Não deveria tê-la usado. Mas admito que tenho algo a dizer-lhe que pode perturbá-la, que me perturba terrivelmente. Ontem à noite você me escreveu uma carta bela e feminina, pedindo-me ajuda. Escreveu-me como um de seus amigos mais antigos, um dos amigos mais antigos de seu marido. A Sra. Cheveley roubou a carta de meus aposentos.

LADY CHILTERN. E qual utilidade pode ter para ela? Qual o problema que ela tenha pego?

LORD GORING (*levantando-se*). Lady Chiltern, serei inteiramente franco. A Sra. Cheveley atribui certa interpretação à carta e pretende remetê-la a seu marido.

LADY CHILTERN. Mas que interpretação poderia atribuir? Ah! Não! Isto não! Se eu, numa dificuldade, precisando de sua ajuda, confiando em você, proponho ir encontrá-lo... para que me aconselhe.... me ajude... Ah! Existem mulheres assim tão sórdidas? E ela pretende remetê-la a meu marido? Conte-me o que aconteceu. Conte-me o que aconteceu.

LORD GORING. A Sra. Cheveley escondeu-se em um cômodo adjacente à minha biblioteca sem meu conhecimento. Eu pensava que a pessoa que ali me aguardava fosse você. Robert apareceu sem avisar. Ouvimos uma cadeira ou algum outro objeto cair na sala ao lado, e Robert entrou e a descobriu. Ele teve um ataque terrível. Eu ainda pensava ser você. Ele foi embora enraivecido. No fim da noite, a Sra. Cheveley pegou sua carta – ela a roubou, não sei quando ou como.

LADY CHILTERN. A que horas isso aconteceu?

LORD GORING. Às dez e meia. E agora proponho que contemos tudo a Robert.

LADY CHILTERN (*olhando-o com perplexidade, beirando o terror*). Quer que eu diga a Robert que a mulher cuja visita você esperava era eu e não a Sra. Cheveley? Que era eu quem você pensava que estava escondida na sala de sua casa, às dez e meia da noite? Quer que eu conte isso a ele?

LORD GORING. Creio que é melhor que ele saiba toda a verdade.

LADY CHILTERN (*levantando-se*). Ah! Eu não posso! Não posso!

LORD GORING. Quer que eu lhe conte então?

LADY CHILTERN. Não!

LORD GORING (*de modo grave*). Você está errada, Lady Chiltern.

LADY CHILTERN. Não. A carta tem de ser interceptada. Mas como conseguirei fazer isso? Ele recebe cartas ao longo de todo o dia. Seus secretários abrem-nas e lhe entregam. Não ouso pedir aos criados que entreguem a mim as cartas dele. Seria impossível. Ah! Por que não me diz o que fazer?

LORD GORING. Peço que se acalme, Lady Chiltern, e responda às perguntas que vou lhe fazer. Você disse que os secretários abrem as cartas.

LADY CHILTERN. Sim.

LORD GORING. Quem está com ele hoje? É o Sr. Trafford?

LADY CHILTERN. Não. Acho que é o Sr. Montford.

LORD GORING. Pode confiar nele?

LADY CHILTERN (*com um gesto de desespero*). Ah! Como saberei?

LORD GORING. Ele faria o que lhe pedisse, não faria?

LADY CHILTERN. Creio que sim.

LORD GORING. Sua carta foi redigida sobre papel cor-de-rosa. Ele poderia reconhecê-la mesmo sem ler, não é verdade? Apenas pela cor.

LADY CHILTERN. Suponho que sim.

LORD GORING. Ele está na casa neste exato momento?

LADY CHILTERN. Sim.

LORD GORING. Então eu mesmo irei vê-lo e lhe direi que uma certa carta, escrita em papel cor-de-rosa, será enviada a Robert hoje, e que tal carta não deve de modo algum chegar às mãos dele (*vai até a porta e a abre*). Ah! Robert está subindo as escadas com a carta nas mãos. Ele já a tem!

LADY CHILTERN (*com um grito de dor*). Ah! Você salvou a vida dele, e o que fez com a minha?

(*Entra* Sir Robert Chiltern. *Está lendo a carta. Aproxima-se da esposa, sem notar a presença de* Lord Goring.)

SIR ROBERT CHILTERN. "Preciso de você. Confio em você. Irei encontrá-lo. Gertrude." Ah, meu amor, isto é verdade? Realmente confia em mim e precisa de mim? Se assim for, sou eu quem deve ir até você, e não você dizer que virá até mim. Esta sua carta, Gertrude, faz com que eu sinta que nada no mundo poderá me ferir agora. Você me quer, Gertrude?

(Lord Goring, *sem ser visto por* Sir Robert Chiltern, *faz um gesto suplicante para que* Lady Chiltern *aceite a situação e o equívoco de* Sir Robert Chiltern.)

LADY CHILTERN. Sim.

SIR ROBERT CHILTERN. Você confia em mim, Gertrude?

LADY CHILTERN. Sim.

SIR ROBERT CHILTERN. Ah! Por que não disse também que me amava?

LADY CHILTERN (*pegando sua mão*). Porque amava você.

(LORD GORING *passa para o jardim de inverno.*)

SIR ROBERT CHILTERN. Gertrude, não sabe o que estou sentindo. Quando Montford me entregou sua carta na escrivaninha – ele a havia aberto por engano, suponho, sem ver a caligrafia no envelope – e eu a li – ah! não me importava a desonra ou a punição que me aguardasse, eu pensava apenas que você ainda me amava!

LADY CHILTERN. Não há desonra aguardando por você, nem qualquer vergonha pública. A Sra. Cheveley entregou a Lord Goring o documento que estava em seu poder, e ele o destruiu.

SIR ROBERT CHILTERN. Tem certeza disso, Gertrude?

LADY CHILTERN. Sim. Lord Goring acaba de me contar.

SIR ROBERT CHILTERN. Então estou salvo! Ah! Como é maravilhoso estar salvo! Há dois dias estou em estado de terror. Agora estou salvo. Como Arthur destruiu minha carta? Conte-me.

LADY CHILTERN. Ele a queimou.

SIR ROBERT CHILTERN. Eu gostaria de ter visto esse pecado de minha juventude ser reduzido a cinzas. Quantos homens na vida moderna gostariam de ver seu passado ser reduzindo a cinzas diante de seus olhos! Arthur ainda está aqui?

LADY CHILTERN. Sim. Está no jardim de inverno.

SIR ROBERT CHILTERN. Estou tão feliz de ter proferido aquele discurso ontem à noite na Câmara, tão feliz. Eu o proferi julgando que como resultado eu seria rebaixado à desonra pública. Mas isso não aconteceu.

LADY CHILTERN. O resultado foi o enaltecimento público.

SIR ROBERT CHILTERN. Creio que sim. Quase receio isso. Pois embora eu esteja a salvo de ser descoberto, embora todas as provas contra mim tenham sido destruídas, suponho, Gertrude...

suponho que eu deva renunciar à vida pública! (*ele olha aflito para a esposa*).

LADY CHILTERN (*impetuosamente*). Ah, sim, Robert, você deve fazer isso. É seu dever fazer isso.

SIR ROBERT CHILTERN. Perderei muitas coisas.

LADY CHILTERN. Não, terá muitas coisas a ganhar.

(SIR ROBERT CHILTERN *caminha de um lado para o outro com a expressão preocupada. Em seguida, vai até sua esposa e põe a mão sobre seu ombro.*)

SIR ROBERT CHILTERN. E você seria feliz vivendo sozinha comigo, no exterior talvez, ou no interior, longe de Londres, longe da vida pública? Não nutriria arrependimentos?

LADY CHILTERN. Arrependimento nenhum, Robert!

SIR ROBERT CHILTERN (*em tom triste*). E suas ambições a meu respeito? Você costumava ter ambições para mim.

LADY CHILTERN. Ah, minha ambição! Agora, não tenho nenhuma a não ser que possamos nos amar. Foi a ambição que o desencaminhou antes; não falemos de ambição.

(LORD GORING *retorna do jardim de inverno, parecendo muito satisfeito, trazendo na lapela uma flor inteiramente nova, que certo alguém lhe arranjara.*)

SIR ROBERT CHILTERN (*indo em direção ao amigo*). Arthur, tenho de agradecer-lhe pelo que fez por mim. Não sei como poderei retribuir (*apertam as mãos*).

LORD GORING. Meu caro amigo, pois eu lhe direi agora mesmo. Neste mesmo instante, debaixo da palmeira habitual... quero dizer – no jardim de inverno...

(*Entra* MASON.)

MASON. Lord Caversham.

LORD GORING. Meu admirável pai realmente tem o hábito de aparecer na hora errada. É muito insensível da parte dele, muito insensível mesmo!

(*Entra* LORD CAVERSHAM. MASON *retira-se.*)

LORD CAVERSHAM. Bom dia, Lady Chiltern! Meus cumprimentos a você, Chiltern, pelo brilhante discurso de ontem à noite. Acabo de me reunir com o Primeiro Ministro e você deverá assumir o cargo disponível em seu Gabinete.

SIR ROBERT CHILTERN (*com expressão de contentamento e triunfo*). Um cargo no Gabinete?

LORD CAVERSHAM. Sim. Eis a carta do Primeiro Ministro (*entrega-lhe a carta*).

SIR ROBERT CHILTERN (*apanha a carta e lê*). Um cargo no Gabinete!

LORD CAVERSHAM. Certamente, e você o merece. Tem o que tanto desejamos na vida política atualmente: caráter, moralidade, princípios elevados (*para* LORD GORING). Tudo o que o senhor não tem e jamais terá.

LORD GORING. Não gosto de princípios, papai. Prefiro os preconceitos.

(SIR ROBERT CHILTERN *está a ponto de aceitar a oferta do Primeiro Ministro, quando vê o olhar singelo e inocente que a esposa lhe dirige. Então, percebe que não pode aceitar.*)

SIR ROBERT CHILTERN. Não posso aceitar a oferta, Lord Caversham. Estou decidido a recusar.

LORD CAVERSHAM. Recusar, senhor?

SIR ROBERT CHILTERN. É minha intenção abandonar por completo a vida pública.

LORD CAVERSHAM (*indignado*). Recusar um cargo no Gabinete e abandonar a vida pública? Nunca ouvi tamanho disparate em toda a minha existência! Perdão, Lady Chiltern; Chiltern, perdão (*para* LORD GORING). É melhor que o senhor não sorria desse jeito!

LORD GORING. Não, papai.

LORD CAVERSHAM. Lady Chiltern, a senhora é uma mulher sensata, a mulher mais sensata de Londres, a mulher mais sensata que conheço. Terá a gentileza de impedir que seu marido cometa tal... que fale tal... Terá a gentileza de fazer isso, Lady Chiltern?

LADY CHILTERN. Creio que meu marido está certo em sua decisão, Lord Caversham. Ele tem minha aprovação.

LORD CAVERSHAM. Tem sua aprovação? Santo Deus!

LADY CHILTERN (*tomando a mão de seu marido*). Eu o admiro. Admiro-o imensamente. Nunca o admirei tanto como agora. Ele é ainda melhor do que eu pensava (*para* SIR ROBERT CHILTERN). Convém que vá e escreva ao Primeiro Ministro imediatamente, não é? Não hesite, Robert.

SIR ROBERT CHILTERN (*com uma ponta de amargura*). Suponho que seja melhor escrever imediatamente. Tais ofertas não se repetem. Peço que me dê licença por um momento, Lord Caversham.

LADY CHILTERN. Posso acompanhá-lo, Robert?

SIR ROBERT CHILTERN. Sim, Gertrude.

(LADY CHILTERN *e* SIR ROBERT CHILTERN *retiram-se.*)

LORD CAVERSHAM. Qual é o problema com essa família? Há algo de errado aqui, não é? (*dando tapinhas na própria cabeça*). Demência? É hereditário, suponho! E aflige a ambos — a esposa e o marido! É muito triste, muito triste! E não são uma família antiga. Não compreendo.

LORD GORING. Não é demência, papai, asseguro-lhe.

LORD CAVERSHAM. O que o senhor pensa que é então?

LORD GORING (*após certa hesitação*). Bem, é o que se chama atualmente de alto senso moral, papai. É apenas isso.

LORD CAVERSHAM. Detesto essas denominações modernas. É o mesmo que chamávamos de demência 50 anos atrás. Não ficarei mais tempo nesta casa.

LORD GORING (*pegando o braço de* LORD CAVERSHAM). Apenas venha até aqui por um momento, papai. Debaixo da segunda palmeira à esquerda, a palmeira habitual.

LORD CAVERSHAM. O que foi?

LORD GORING. Desculpe-me, papai, esqueci. O jardim de inverno, papai, o jardim de inverno – há alguém lá com quem quero que o senhor fale.

LORD CAVERSHAM. Sobre o quê, senhor?

LORD GORING. Sobre mim, papai.

LORD CAVERSHAM (*com desgosto*). Um assunto que não permite muita eloquência.

LORD GORING. Não, papai. Mas a dama em questão é como eu – não dá importância à eloquência dos outros. Considera isso muito espalhafatoso.

(LORD CAVERSHAM *vai para o jardim de inverno. Entra* LADY CHILTERN.)

LORD GORING. Lady Chiltern, por que está fazendo o jogo da Sra. Cheveley?

LADY CHILTERN (*perplexa*). Não estou entendendo.

LORD GORING. A Sra. Cheveley fez uma tentativa de arruinar seu marido, excluindo-o da vida pública ou levando-o a adotar uma posição desonrosa. Desta última tragédia, você o salvou, mas agora o impele à primeira. Por que pratica contra ele o mal que a Sra. Chevely tentou perpetrar e não conseguiu?

LADY CHILTERN. O que está me dizendo, Lord Goring?

LORD GORING (*preparando-se para um grande esforço e revelando o filósofo por trás do dândi*). Lady Chiltern, permita que eu fale. Ontem à noite, enviou-me uma carta em que dizia que confiava em mim e queria minha ajuda. Este é o momento em que realmente deve querer minha ajuda, este é o momento em que tem de confiar em mim, confiar em meu conselho e em meu julgamento. Você ama Robert. Quer matar o amor dele por você? Que tipo de existência terá ele se você o privar dos frutos de sua ambição, se o arrancar do esplendor de uma grande carreira política, se lhe fechar as portas da vida pública, se o condenar ao fracasso estéril? Ele foi feito para o triunfo e o sucesso. As mulheres não devem nos julgar, e sim nos perdoar quando precisamos de perdão. O perdão, e não a punição, é a sua missão. Por que deveria castigá-lo com o açoite por um pecado cometido na juventude, antes que a conhecesse, antes que conhecesse a si mesmo? A vida de um homem possui maior magnitude que a de uma mulher. Envolve questões mais amplas, maior abrangência, ambições mais elevadas. A vida de uma mulher gira em torno de emoções. Não cometa um erro terrível, Lady Chiltern. Uma mulher capaz de manter o amor de um homem e de amá-lo reciprocamente faz tudo o que o mundo requer das mulheres, ou deveria requerer.

LADY CHILTERN (*confusa e titubeante*). Mas meu marido deseja se afastar da vida pública. Ele sente que é seu dever. Foi ele quem disse isso em primeiro lugar.

LORD GORING. Para não perder o seu amor, Robert fará qualquer coisa, arruinará toda a sua carreira, como está prestes a fazer. Ele está fazendo isso por você. Siga meu conselho, Lady Chiltern, não aceite um sacrifício dessa magnitude. Se o fizer, vai se arrepender amargamente. Nós, homens e mulheres, não devemos aceitar tais sacrifícios uns dos outros. Não os merecemos. Além disso, Robert já foi punido o suficiente.

LADY CHILTERN. Nós dois fomos punidos. Eu o coloquei sobre um pedestal alto demais.

LORD GORING (*falando com sentimento*). Nem por isso deve agora rebaixá-lo excessivamente. Se ele caiu de seu altar, nem por isso deve agora atirá-lo à lama. Para Robert, o fracasso será como a lama da vergonha. Sua paixão é o poder. Ele terminaria por perder tudo, até mesmo seu poder de amar. A vida de seu marido está em suas mãos neste momento, o amor de seu marido está em suas mãos. Não arruíne ambos.

(*Entra* Sir Robert Chiltern.)

SIR ROBERT CHILTERN. Gertrude, eis aqui o rascunho de minha carta. Quer que o leia para você?

LADY CHILTERN. Deixe-me ver.

(Sir Robert Chiltern *lhe entrega a carta. Ela a lê e, em seguida, em um gesto passional, rasga-a.*)

SIR ROBERT CHILTERN. O que está fazendo?

LADY CHILTERN. A vida de um homem possui mais magnitude que a de uma mulher. Envolve questões mais amplas, maior abrangência, ambições mais elevadas. A da mulher gira em torno de emoções. A vida do homem segue as linhas do intelecto. Acabo de aprender isso e muito mais com Lord Goring. Não vou arruinar sua vida, nem permitir que você a arruíne em sacrifício a mim – um sacrifício inútil!

SIR ROBERT CHILTERN. Gertrude! Gertrude!

LADY CHILTERN. Você poderá esquecer. Os homens se esquecem facilmente. E eu perdoo-lhe. É assim que as mulheres ajudam o mundo. Vejo isso agora.

SIR ROBERT CHILTERN (*abraçando-a, profundamente emocionado*). Minha esposa! Minha esposa! (*para* LORD GORING.) Arthur, parece que estou sempre em dívida com você.

LORD GORING. Não, Robert. Está em dívida com Lady Chiltern, não comigo.

SIR ROBERT CHILTERN. Devo-lhe muito. E agora me diga o que ia perguntar quando Lord Caversham chegou.

LORD GORING. Robert, você é o tutor de sua irmã, e quero seu consentimento para casar-me com ela. É isso.

LADY CHILTERN. Ah! Estou tão feliz! Tão feliz! (*aperta a mão de* LORD GORING, *cumprimentando-o*).

LORD GORING. Obrigado, Lady Chiltern.

SIR ROBERT CHILTERN (*com expressão perturbada*). Minha irmã, tornar-se sua esposa?

LORD GORING. Sim.

SIR ROBERT CHILTERN (*falando com grande firmeza*). Sinto muito, Arthur, mas está fora de cogitação. Tenho de pensar na felicidade futura de Mabel, e não acredito que sua felicidade estaria garantida com você. Eu não suportaria vê-la fazer esse sacrifício.

LORD GORING. Sacrifício?

SIR ROBERT CHILTERN. Sim, um sacrifício supremo. Casamentos sem amor são horríveis. Mas há algo pior do que um casamento inteiramente sem amor: um casamento em que há amor, mas apenas de um dos lados; em que há fé, mas apenas de um dos lados; em que há devoção, mas apenas de um dos lados, e no qual o coração de ambos, com certeza, será despedaçado.

LORD GORING. Mas eu amo Mabel. Nenhuma outra mulher tem espaço em minha vida.

LADY CHILTERN. Robert, se eles se amam, por que não devem se casar?

SIR ROBERT CHILTERN. Arthur não será capaz de dar a Mabel o amor que ela merece.

LORD GORING. Que razão tem para dizer isso?

SIR ROBERT CHILTERN (*após uma pausa*). Exige realmente que eu lhe diga?

LORD GORING. Certamente.

SIR ROBERT CHILTERN. Como queira. Quando fui à sua casa ontem à noite, encontrei a Sra. Cheveley escondida em seus aposentos, entre dez e onze horas da noite. Não quero dizer mais nada. Como lhe disse ontem à noite, suas relações com a Sra. Cheveley não me dizem respeito. Sei que já esteve noivo dela no passado. O fascínio que ela exercia sobre você parece ter retornado. Ontem, falou-me dela como uma mulher pura e imaculada, que você respeitava e honrava. Que assim seja. Mas não posso entregar a vida de minha irmã a você. Seria errado de minha parte. Seria injusto, abominavelmente injusto com ela.

LORD GORING. Não tenho nada mais a dizer.

LADY CHILTERN. Robert, não era a Sra. Cheveley quem Lord Goring esperava ontem à noite.

SIR ROBERT CHILTERN. Não era a Sra. Cheveley? Quem era então?

LORD GORING. Lady Chiltern!

LADY CHILTERN. Era sua própria esposa, Robert. Ontem à tarde, Lord Goring me disse que, se alguma vez eu me encontrasse em qualquer dificuldade, poderia recorrer a ele, como nosso melhor e mais antigo amigo. Mais tarde, após a terrível cena que se passou nesta mesma sala, escrevi--lhe dizendo que confiava nele, que precisava dele e que iria encontrá-lo para que me ajudasse e aconselhasse (SIR ROBERT CHILTERN *retira a carta de seu bolso*). Sim, era essa a carta. Afinal, não fui à casa de Lord Goring. Eu sentia que a ajuda só poderia vir de nós mesmos. O orgulho me fez pensar assim. A Sra. Cheveley foi à casa dele, e então roubou minha carta e a remeteu anonimamente a você esta manhã, para que pensasse... Ah! Robert, não sou capaz de dizer o que ela queria que você pensasse.

SIR ROBERT CHILTERN. O quê? Será que me rebaixei tanto aos seus olhos que julgou que eu poderia duvidar por um momento de sua honestidade? Gertrude, Gertrude, você é para mim a alva imagem de todas as coisas boas, e o pecado não pode atingi-la. Arthur, pode ir até Mabel – os dois têm a minha bênção! Ah! Espere um momento. Não há um nome no início desta carta. A brilhante Sra. Cheveley parece não ter notado este detalhe. Deveria haver um nome.

LADY CHILTERN. Deixe que eu escreva o seu. É em você que confio e é de você que preciso. De você e de mais ninguém.

LORD GORING. Bem, na verdade, Lady Chiltern, creio que eu deveria receber de volta minha própria carta.

LADY CHILTERN (*sorrindo*). Não, você deve receber Mabel (*apanha a carta e escreve nela o nome do marido*).

LORD GORING. Bem, espero que ela não tenha mudado de ideia. Já faz quase 20 minutos desde que a vi pela última vez (*entram* MABEL CHILTERN *e* LORD CAVERSHAM.)

MABEL CHILTERN. Lord Goring, é bem mais instrutivo conversar com seu pai do que com você. Daqui em diante, conversarei apenas com Lord Caversham, e sempre debaixo da palmeira habitual.

LORD GORING. Minha querida! (*beija-a*).

LORD CAVERSHAM (*consideravelmente surpreso*). O que significa isso, senhor? Não quer dizer que essa jovem encantadora e inteligente foi tão tola a ponto de aceitá-lo?

LORD GORING. Certamente, papai! E Chiltern foi sábio o bastante para aceitar o cargo no Gabinete.

LORD CAVERSHAM. Fico muito contente em ouvir isso, Chiltern... Eu o parabenizo, senhor. Se o país não quiser desandar em direção ao desastre ou aos Radicais, nós ainda o teremos como Primeiro Ministro algum dia.

(*Entra* MASON.)

MASON. O almoço está servido, minha senhora!

(*Sai* MASON.)

MABEL CHILTERN. Ficará para o almoço, não é, Lord Caversham?

LORD CAVERSHAM. Com prazer, e o acompanharei até a rua Downing em seguida, Chiltern. Você tem um grande futuro diante de si, um grande futuro (*para* LORD GORING). Eu gostaria de poder dizer o mesmo a seu respeito, senhor. Mas sua carreira terá de ser inteiramente doméstica.

LORD GORING. Sim, papai, eu prefiro mesmo que seja doméstica.

LORD CAVERSHAM. E se não for um marido ideal para essa jovem, eu vou deserdá-lo.

MABEL CHILTERN. Um marido ideal! Ah! Receio que eu não gostaria disso. Soa como se fosse algo do outro mundo.

LORD CAVERSHAM. O que quer que ele seja então, minha cara?

MABEL CHILTERN. Ele pode ser o que quiser. Tudo o que eu quero é ser... ser... uma esposa real para ele.

LORD CAVERSHAM. Pois asseguro que há uma boa dose de sensatez nisso, Srta. Chiltern!

(*Todos saem, exceto* Sir Robert Chiltern. *Ele afunda em uma cadeira, envolto em pensamentos. Alguns momentos depois,* Lady Chiltern *retorna para procurá-lo.*)

LADY CHILTERN (*debruçando-se sobre as costas da cadeira*). Você não vem, Robert?

SIR ROBERT CHILTERN (*pegando a mão da esposa*). Gertrude, é amor o que sente por mim ou apenas piedade?

LADY CHILTERN (*beija-o*). É amor, Robert. Amor e apenas amor. Uma nova vida está começando para nós.